KB185700

시간의 색깔은 꽃나무처럼 환하다

백무산 · 맹문재 엮음

시간의 색깔은 꽃나무처럼 환하다

인쇄 · 2025년 2월 12일 | 발행 · 2025년 2월 21일

엮은이 · 백무산, 맹문재
펴낸이 · 한봉숙
펴낸곳 · 푸른사상사

주간 · 맹문재 | 편집 · 지순이, 김수란, 노현정 | 마케팅 · 한정규
등록 · 1999년 7월 8일 제2-2876호
주소 · 경기도 파주시 회동길 337-16(서패동 470-6) 푸른사상사
대표전화 · 031) 955-9111(2) | 팩시밀리 · 031) 955-9114
이메일 · prun21c@hanmail.net
홈페이지 · http://www.prun21c.com

ⓒ 백무산 · 맹문재, 2025

ISBN 979-11-308-2219-8   03810
값 12,000원

• 저자와의 합의에 의해 인지는 생략합니다.
• 이 도서의 전부 또는 일부 내용을 재사용하려면 사전에 저작권자와
  푸른사상사의 서면에 의한 동의를 받아야 합니다.
• 이 도서의 표지와 본문 레이아웃 디자인에 대한 권리는 푸른사상사에
  있습니다.

푸른사상
시선

200

시간의 색깔은
꽃나무처럼 환하다

백무산 · 맹문재 엮음

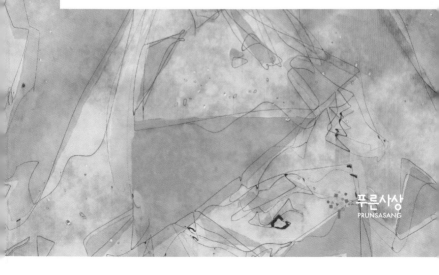

푸른사상
PRUNSASANG

| 차례 |

| 차례 |

6

| 차례 |

얼음 배긴 것들은 힘이 세다

물렁물렁하게 다뤄지지 않는다

아기 고양이 봄날을 놀다

김자흔

고양이는 나비
나비는 살구꽃잎

톡 야옹 톡 야옹
톡톡 야옹야옹 톡톡 야옹야옹

살구나무에 올라 나비 쫓던
아기 고양이

한 방 헛발질에
꽃가지가 아찔 흔들려

살구꽃잎 낙하
노랑나비 낙하
아기고양이 낙하

낙 하 하
낙 하 하
낙 하 하

고양이와 나비와 살구꽃잎이
빙그레 한 점으로 돌다가

부드럽게 웃음 착지

나른히 졸음 떠밀려오는
어느 봄날 오후의

101 『피어라 모든 시냥』

염소와 꽃잎

유진택

둑에 매여 있는
염소의 콧등에 꽃잎이 내려앉는다
허공 어디쯤에서 날아왔는지
꽃잎이 거뭇거뭇 시들었다
붉은 꽃이 거뭇하게 변할 때까지
세상에는 대체 무슨 일이 있었던가
영영 시들 것 같지 않는 꽃잎에
파르르 떠는 염소의 눈꺼풀
염소도 외눈으로
시든 꽃잎을 슬쩍 보았을 것이다

102 『염소와 꽃잎』

나무 울타리

유희주

못 없이
어깨를 걸었다는 것이
오기 어린 노인처럼 짱짱하다

청청한 옥수수밭 안
크느라 소란이 환하다

버스 온다는 신호 기다리는 동안
푸른 소리를 잡고
무릎을 세운다

103 『소란이 환하다』

생리대 사회학

안준철

오래전에 폐경 선언을 한 아내와
생리대를 사러 동네 마트에 다녀왔다

전립선암 수술 후
보송보송한 여성 전용 생리대를
요실금 팬티 대용으로 착용한 지도
일 년이 다 되어간다

남자가 생리대를 차고 다닌다고
아내는 나를 놀리면서도
속내로는 짠한 마음이 드는 모양이다

나는 그러지 못했다
여자니까 당연한 일이지 했던 거다
피를 뚝뚝 흘려도 남의 일이었던 거다

아내가 반평생을 고생했으니
나는 반의반이라도 해야지

그러면 공평하겠다, 싶다

동태

박상화

동태는 강자였다 콘크리트 바닥에 메다꽂아도
눈 하나 꿈쩍하지 않았다
동태를 다루려면 도끼 같은 칼이어야만 했다
아름드리나무 밑둥을 통째로 자른 도마여야 했다
실패하면 손가락 하나 정도는 각오해야 했다
얼음 배긴 것들은 힘이 세다
물렁물렁하게 다뤄지지 않는다
한때 명태였을지라도,
몰려다니지 않으면 살지 못하던 겁쟁이였더라도
뜬 눈 감지 못하는 동태가 된 지금은
다르다
길바닥에 놓여진 어머니의 삶을
단속반원이 걷어차는 순간
그놈 머리통을 시원하게 후려갈긴 건
단연 동태였다.

105 『동태』

새벽에 깨어

여국현

비바람이 치는 새벽
잠든 아이들의 방문을 열어본다

나란히 모로 누워 다리까지 같은 모양으로 올리고
두 아이 함께 잠들어 있다
얼마 만인가
나는 또 얼마 만인가

아이들이 어렸을 때
같은 모습으로 새근거리며 잠든 모습을 보며
아이의 발가락을 가만히 잡고 있으면
눈물이 났다

무엇도 시작할 수 없을 것 같던
열아홉 절망의 봄
바람에 맡기듯 나를 맡겼던 어두운 바다
집어등 환하게 밝히며 나서서
새벽 어스름을 등지고 조용히 돌아오던 고깃배
위에서 흔들리던 삶은
경건하고 두렵고 눈물겨웠다

아이들이 어렸을 때

잠든 아이의 발가락을 가만히 잡고 있으면
그 바다가 전하던 심연의 침묵이
웅웅거리며 들려오곤 했다
그 소리에 잠겨 유영하다
손가락 끝으로 전해지는 온기를 타고
그만 아이의 꿈속으로 들어가고 싶었다

늦겨울 비바람에
마음이 흔들리는 새벽
가만히 열어본 아이들의 방
두 아이는 곤한 잠 속에 빠져 있고
나는 잠든 아이의 발가락을 가만히 잡고 있다

경건하고 따스하며 눈물겹고 두렵다
잠든 아이의 맨발을 통해 전해오는
삶은

106 『새벽에 깨어』

씨앗의 노래

차옥혜

그해 겨울
기근이 전염병처럼 퍼졌다
전쟁으로 남편과 시어머니를 잃은 영희는
시아버지와 어린 자식들을 위해
간신히 묽은 죽을 쑤어 밥상을 차렸다
시아버지는 단식으로 속병을 고친다며
식사를 거부하고 물만 마셨다
영희가 매일 수시로 아무리 죽을 권해도
시아버지는 한사코 막무가내였다

봄이 오자 뼈만 남은
시아버지가 돌아가셨다
시신을 염하고 시아버지의 요를 거두니
씨앗들이 깔려 있었다
볍씨, 콩, 상추, 아욱, 무, 배추, 조……
장례를 마치고 자식들과 고향을 떠나려던
영희는 통곡하며 씨앗을 끌어안았다
생명을, 희망을, 미래를 껴안았다

아버지 저도
사람 씨앗을 위하여
어떤 일이 있어도
곡식 씨앗을 지키겠습니다

아버지가 목숨으로 지킨 씨앗
아버지의 몸이고 넋인 씨앗
아버지와 나와 자식이 씨앗으로
한 몸입니다
조상과 후손과 나는 씨앗으로
함께 영원합니다

영희는 죽을힘을 다해
논밭을 갈고 씨를 뿌렸다
걸핏하면 울던 울보 영희는
그 이후 절대 울지 않았다

씨앗이 밀고 가는 세상
씨앗이 먹이는 세상
씨앗이 키우는 세상
씨앗은 생명이다 목숨이다 넋이다
씨앗은 아버지다 어머니다 나다 자식이다

초록 벌판에
종일 일하며 부르는 영희의 노래가
끊임없이 울렸다

107 『씨앗의 노래』

한 잎

권정수

꽃도 새도 없이
은행잎이 한꺼번에 쏟아지다가
높이 서 있는 종유석 위에
붙인 한 잎

나는 그것이 암탉 배 밑에 숨어
갓 깨어난 병아리 한 마리인가 했다

저것들은 가지 끝에 서서 떨어지지만
엄마 배 밑에, 날갯죽지, 꽁지 속에
숨어 갓 깨어난 연노랑
병아리들이다

엄마의 손끝을 거쳐 엄마의 품속
벗어난 새끼들의 인생을
엄마와 떨어진 내가 벼랑
아래서 그것을 보고 있다

벼랑에 혼자 붙어서 헐떡거리는
그것의 숨이 내 속에 가득 찬다

나는 노란 부리를 내밀며 애걸하는

20

어린 병아리에게 물
한 모금도 줄 수가 없었다
하늘 한번 우러르고 싶어서 얼마나
오래갈 빛을 받고 있었는지

입을 벌린 채 얼이 빠진 듯
하얘지다 말고 멈춰 있다

108 『한 잎』

촛불을 든 아들에게

김창규

너와 함께 광화문에서
촛불을 들고 밤을 새웠던 그날 정말 아름다웠어
감동의 눈물을 흘리며 모두가 하나였지
김밥도 나누어 먹고 떡도 나누어 먹으며
서로의 눈을 쳐다보며 웃었지
커피를 끓여내는 사람도 있었고
바나나와 오이를 내놓으며
컵라면을 내미는 착한 마음들 있었다
명박산성을 넘어 자유와 민주주의 회복을 위해
밤새워 촛불을 밝히며 노래 불렀지
아침이슬 내릴 때까지 별을 바라보며
제주 여수 순천 광주 대구 부산 대전 수원 청주 강릉
모든 촛불이 모여들어 백만 송이 장미꽃 향기 뽐내며
5월에서 6월의 광화문 광장으로 모여들었지
그날이 바로 오늘이야
촛불을 다시 들고 외치지 않으면
미치고 환장할 것 같은 이 분노, 이 혁명
대학은 학문의 전당이 아니라 대기업의 하수인
돈 벌러 가야 하는 알바 생산의 지름길이야
학생이 무슨 돈을 벌어
아버지는 촛불을 든 너의 손에서 희망을 본다

장하구나 아들아 정말 장하다
나도 오늘 밤 촛불을 밝히러 가마
할 말은 이것이야 아들아 사랑한다

109 『촛불을 든 아들에게』

얼굴, 잘 모르겠네

이복자

'얼굴' 시를 쓴다고
고민하다 잠이 들었다

산을 오르며
나를 하나씩 하나씩 떨어뜨려놓았다
꼭대기에 올라가 내려다보니
적막하고 아득한 곳에 나는 하나다
문득 두려워
되돌아 떨어뜨려놓은 나를 찾으려는데
내가 누구인지 모르겠다
눈앞이 캄캄, 보이지 않고
눈 코 입 찾는데

내 얼굴을 더듬어본 적 없어 못 찾는 바보
손바닥에 피식 웃음 박힌다
자신은 자신이 가장 잘 안다는
진리에 갇혀 지금까지 난 자유였네

달덩이를 닮았다는 것 외에
아무것도 모르는 내 얼굴
산을 다 내려오도록 찾지 못하고
깼다, 모르겠다, 나를

110 『얼굴, 잘 모르겠네』

너도꽃나무

나도 꽃이런가

꽃샘바람에

꽃잎처럼 날려서 가네

111 『너도꽃나무』

공중에 갇히다

김덕근

중고개 지나
신촌은 오지 않았다
젖은 소리를 내려놓으며
물렁한 나침반은 지척으로 기대앉아
삽시간에 밑창을 걷어내고 있었다

바람의 길을 끌어 올리는 내내
납작 엎드려 섬이 된 냉이꽃
미치도록 공기는 무거웠고
자본의 걸망은 눈부시게 펄럭였다

숨소리 거칠게 표류하는
나무와 구름에게도
운명의 길을 터
지그시 신발을 매어주고
어느새 철거반은 공중으로 피를 끼얹었다

기별 없이 봄나들이를 떠난 낙가산
아지랑이가 마르도록
길은 가만한 소리를 내며 다독이고 있고
바람의 둥지에 못질하는 소문은

다시 오지 않았다

그렇게 나는 밀입국자가 되었고
무수한 일주문이 촘촘히 정박하는 사이
신촌 지나 중고개는
첩첩산중 나비보살을 품고 있었다

112 『공중에 갇히다』

새점을 치는 저녁

새점을 치던 노인이 돌아간 저녁
공원의 벤치에 앉아 나도 새를 불러본다
생의 어디에든 발자국을 찍으며
기억을 놓고 오기도 해야 하였는데
난독의 말줄임표들만 이으며 지내왔다
누군가의 경고가 없었다면 짧은
문장의 마침표도 찍지 못했을 것이다

생의 뒤쪽에 무슨 통증이 있었는지
진료를 받고 나와 떨리는
손에서 노란 알약을 흘리고 간 사내

산월동 보훈병원 302호실
노란 알약을 삼킨 날개 다친 새들에게
마지막 처방전을 써준 김 원장이
사직원의 파지에 새를 그리고 있다

내일은 그도 저무는 공원에 나가
새점을 칠지 모른다
누군가 또 흘리고 간 노란 알약에서
새점을 치던 저녁을 떠올려볼지 모른다.

113 『새점을 치는 저녁』

28

노을의 시

권서각

느릿느릿 나무 의자 문밖에 내놓고 앉아
천천히 눈 들어 먼 하늘 바라본다
긴 여정을 끝낸 여름 해는
죽을힘을 다해 꼴깍 서산을 넘는다
하늘가에 붉은 노을로
절명시 한 편 걸어놓고

114 『노을의 시』

염소가 아니어서 다행이야

성향숙

안녕하십니까?

잠깐만,
들판을 지나 구름을 따라가다 접질려 발목이 삐었다
빛나는 햇살이 이마에 부딪쳤기 때문이야
대지에게 무한 신뢰를 보냈기 때문이야

소복하게 부푼 멍과 푸른 발등과
시린 발목을 가만히 직시하는데 우두커니
말뚝에 묶인 줄 끝에 붙어
염소 한 마리 깔깔깔 노래 한 소절 부른다
말뚝을 몇 바퀴 빙빙 돌면서

충분해
달달한 감동은 아니지만
뒤집힌 바퀴처럼 가끔 헛발질의 리듬을 음미하는 것
우울을 전달하는 절름발이 걸음으로도
자유로울 수 있지

아침의 눈인사와 지난밤의 잠자리, 손에 쥔 휴대폰
길바닥에 숨은 크고 작은 안녕들

원초적 감정과 본능들

일이 꼬이면 뒤돌아 몇 발짝 절뚝이며 걸어보는
어쩐지 슬픈 뒷모습

들판의 염소가 감긴 줄을 풀다가 말뚝에 머리 찧고
질식한 흰 침을 흘리고 서 있어
고요하고 절망적인 평화, 역겨워

염소가 아니어서 정말 다행이야

116 『염소가 아니어서 다행이야』

마지막 버스에서

수원에서 부천 오는 마지막 버스
터미널을 벗어난 지 얼마 되지 않아
남자의 고개가 스르르 내 어깨에 넘어져
밀어내기 몇 번 해도 제자리다

십 년 넘게 이 길을 출퇴근했던
남편 생각에 얌전하게 어깨를 내주자
한 남자 삶의 무게가 전해진다
가장으로 산다는 게 얼마나 고단했으면
낯선 여자 어깨에서 세상모른 채 단잠을 잘까
움켜잡은 빵 봉지 놓치지 않는 집념
날마다 저렇게 하루를 붙잡았을 것이다

코까지 골던 남자 터미널 다가오자
벌떡 일어나 도리질로 잠을 털고
나는 어깨의 가벼움을 느끼며
자는 척 두 눈을 살짝 감았다

117 『마지막 버스에서』

32

장생포에서

파도처럼 출렁이던 청춘

울산 막노동판에 스며들어

돈 좀 더 벌어보겠다고

휴일, 긴급 정비 중인 유조선에 올라 철야 작업으로 기름

범벅이 되던 날

나의 큰 꿈 품은 고래 한 마리 어디론가 사라지고

검은 파도에 일렁이는 내 얼굴

기름인지

눈물인지

닦아내던 밤바다

다시 그 바다에 서보니

어쩌면 그 고래, 사라진 것이 아니라

저리도 푸른 포물선을 그리며

더 넓은 바다를 원고지로 시를 썼을 수도 있었겠다

118 『장생포에서』

흰 말채나무의 시간

최기순

유리창마다 성에가 흰 말채나무를 키운다

한파가 몰아칠수록 창문의 말채나무는 숲을 이루고 온종일 켜놓은 화면에선 물결이 솟구치다가 순간 얼어붙는다

국경의 가시 철조망 낙화처럼 물결 속으로 사라지는 사람들, 마지막 숨을 몰아쉬는 소년의 맑은 눈동자에 킥! 예기치 않은 울음이 터지지만 그것은 의자를 보면 주저앉는 것과 다르지 않다

나의 말들은 고삐를 매지도 않았는데 움직임을 멈춘 채 굳어 있다 말들을 어서 달리게 해야 해 단단히 고삐를 틀어잡고 채찍을 휘둘러보지만 말들은 꿈쩍도 하지 않는다 아마 잊혀져가는 스스로의 발굽 소리를 듣는 듯하다 다시 채찍을 들어 말들 대신 등줄기를 후려쳐 본다

턱을 괴고 앉아 흰 말채나무나 바라보는 날들이다 유리창을 꽉 채운 흰 말채나무 가지들처럼 모든 것은 얽혀버린 채 굳어 있다 서로 완강하게 소외되어 얼어붙은 눈동자와 혀가 풀릴 때까지 이 빙하기를 견뎌야 할 것이다

119 『흰 말채나무의 시간』

아침의 눈인사와 지난밤의 잠자리, 손에 쥔 휴대폰

길바닥에 숨은 크고 작은 안녕들

을(乙)의 소심함에 대한 옹호

김민휴

당신의 날숨은 툭툭툭 끊어진 분절음이지요
당신은 그 끊긴 날숨 투두두두 투두두두
늘 따발총 쏘듯
나더러 눈 내리깔라며 내 눈에다 들이고 쏘아대요
나더러 가슴 떡 벌리고 살라며
타다다다 타다다다 두근두근 내 가슴에 쏘아대요

당신의 총구에서 나오는 공기탄에서는
타액이 튕기어 내 기분에 더럽게 들러붙지요
당신은 늘 내 소심함을 탓하며
너 잘되라고 그런 거야 난 뒤끝은 없어
말하며, 다음 날 하나도 기억하지 못하지요
다 잊어버렸다고, 다 잊어버리라고 호기를 부리지요

나는 늘 잘못했고, 늘 죄송하고, 늘 쫄아야 하고
그렇게 살아서는 안 되고, 당신을 본받아야 하고
밤새 한숨도 못 자면서 나는 왜 이 모양이야
나를 미워해야 하지요 더는 소심해서는 안 되지요

그래요 하지만 내가 소심하니까
비록 터벅터벅 걸어 늦은 귀가를 하다가
집 앞 가로등 밑에서 들릴락 말락 하는 소리로

씹할 놈, 좆같은 새끼

욕 한 번 뱉어내고 집에 들어와 쓰러지곤 하지만

나는 당신께 상처 주지 않잖아요

나는 뒤끝 있어요 절대 소심한 게 부끄럽지 않아요

120 『을의 소심함에 대한 옹호』

격렬한 대화

강태승

사자가 목을 물자 네 발로 허공을 걸어가는 물소
물소의 눈빛 추억 이념 가족의 근황은 묻지 않고
뱃속에 저장된 수만 송이 꽃과 풀잎 속의 햇빛
달빛의 무게에 춘하추동 화인(火印)은 보지 않고,

사자는 물소의 목숨에 이빨을 박고 매달렸다
단지 배고플 뿐이고 고픈 이전으로 가야 한다
목숨이 아니라 부른 배이고 싶다는 사자와
네가 문 것은 아들이 기다리는 어미의 목이라는,

풍경을 경치로 저물고 있는 세렝게티
침묵 이전의 이전으로 가라앉고 있는 벌판
무슨 대화가 노을이 배경으로 깔리고 서늘한가
죽어야 하는 살아야 하는 시간이 저리 아늑한가

물소는 제 몸을 버리고 아들에게 돌아갔다
소가 던지고 간 고기로 배고픔을 잊은 사자
물소와 끝내 한마디 대화하지 못하고
사자에게 끝끝내 한마디 건네지 못한 하루가,

물소의 뼈만 벌판에 남긴 채 어두워지기 시작하는
강둑에선 하마를 질문하듯이 물어뜯는 하이에나

정답인 양 남은 코끼리의 뼈를 탐색하는 독수리
표범은 나무 위에서 발톱을 슬슬 긁고 있다.

121 『격렬한 대화』

시인은 무엇으로 사는가

강세환

불 같은 불 같은 일
— 김수영, 「깨꽃」에서

시인은 무엇으로 사는가

소통도 아니고 광기도 아니다
신앙도 아니고 신념도 아니다
환상도 아니고 낭만도 아니다
철학도 아니고 심리학도 아니다
낙관도 아니고 비관도 아니다
어울림도 아니고 엇갈림도 아니다
떠돎도 아니고 멈춤도 아니다

번민도 아니고 연민도 아니다
인식도 아니고 직관도 아니다
영혼도 아니고 욕망도 아니다
명상도 아니고 묵상도 아니다
치욕도 아니고 치유도 아니다
김수영도 아니다 김종삼도 아니다
소월도 아니다 백석도 아니다

시인은 눈 한 번 마주친 독자도 없이 그저 제 발자국 지우며 살아간다

시인은 창문도 없는 독방에서 방금 쓴 시와 단둘이 마주 앉아 있다

시인은 한밤중에 일어나 어제 하던 뜨개질을 이어서 다시 하고 있다

122 『시인은 무엇으로 사는가』

연두는 모른다

조규남

보도블록에 힘줄이 솟는다 밑동을 싸맨 플라타너스 봄기운
어쩌지 못해 쩍, 시멘트 자궁을 열고 타박한 새순 밀어낸다

익숙한 의자에 걸터앉듯 차가운 블록에 몸을 기댄 연두

마침표도 모르고 이음표도 모른다 가식이나 위선은 더더욱
모른다

국경을 넘어온 새의 노랫소리 머리 위를 맴돌 때 취객이 토
해놓은 속 뒤집어쓰고

몸부림친 자리

노루 꼬리 해가 키를 늘려도 연두는 모른다 있어도 그만 없
어도 그만인 군식구라는 것을

그래서 꼼지락꼼지락 주먹을 펴고 발걸음 내딛는다

노점상 리어카가 바람막이다

허리 부러져 나동그라지지 않도록, 행인들 발길에 차이지
않도록, 추위 가시지 않은 여린 잎에 봄볕 낭자하도록

경계주의보 긋는다

날마다 쑥쑥

실직한 쌍둥이 아빠 리어카 밑에서는 미혼모 여동생의 딸
연두가 해맑게 자라고 있다

123 『연두는 모른다』

시간의 색깔은 자신이 지향하는 빛깔로 간다

박석준

−그 얼굴 아래 한 거리에서, 빛을 그리워하는 마흔두 살,

요즘 나는 그저 아무렇게나 내버려지고 싶었을까?
나에겐 해야 할 말과, 삶의 흔적이 많아져만 간다고
나를 말하고 싶은 마음이 자주 있었건만.

시간의 색깔은 자신이 지향하는 빛깔로 간다
문득 어느 날에 시간은 내게 이런 사연을 새겨
나를 청춘이 발하는 것으로 가 있게 했었는데.

그리하여 21세기에도 살아갈
빨간 장미를 품은 집시
나를 '삶'이라는 굴레로 스쳐갔었는데

요즘 나는 남아버린 창백한 얼굴
갈라진 나뭇가지 같은 다리를
내 삶의 흔적처럼 끄집어간다.

124 『시간의 색깔은 자신이 지향하는 빛깔로 간다』

폭풍의 시월 전야
― 1946년 시월항쟁에 부쳐

정대호

캄캄한 밤이다.
앞이 보이지 않는 밤이다.

그래도 걸어가야 한다.
어둠 너머
어둠이 저만치 펼쳐 있다.
눈을 감으면
피에 의한 또 다른 피가
강물처럼 흐른다.
그 강물을 건너가는 길은 보이지 않는다.

앞이 보이지 않아도 걸어야 하는 길이 있다.
길이 없어도 걸어가야 할 때가 있다.
죽음이
저 앞에 보여도 서 있어야 할 때가 있다.

운명처럼
그 길 위에 서 있어야 하는 사람들이 있다.

126 『가끔은 길이 없어도 가야 할 때가 있다』

중심은 비어 있었다

엄마는 말기 암이 있는 듯 없는 듯 함께 살았다
그냥 품고 돌보고 가꾸는 동행이었다
잘 먹고 잘 자고 잘 웃고 아픈 데 없이 하루를 살았다
어떻게 죽음 앞에서도 전혀 위축되지 않을 수 있었을까?
엄마의 긍정적인 힘은 뭐라 설명하기가 참 힘들었다

엄마 곁을 떠나기 전 심은 배추와 총각무는
땡볕을 잘 견디며 뿌리를 내리고 있었다
잘 먹고 잘 자고 잘 웃는 엄마를 닮았다

난 가을 태풍을 견뎌야 하는
배추와 총각무의 미래가 불안해 보이지 않았다
그들이 내린 뿌리는 이미 수없이 많은 중심을 낳고 있었다

모두가 중심이었으므로 중심은 비어 있었다
둘이 아니지만 서로 독립적이었다
그냥 품고 돌보고 가꾸는 동행이었다

127 『중심은 비어 있었다』

꽃나무가 중얼거렸다

신준수

밖으로 나오니 사월
살구꽃, 재잘재잘 말놀이 중이시다
성큼성큼 묘비로 주소를 전입한 아버지

나는 책망의 눈길로 아버지를 바라보았다 손목시계가 헐렁한,
아버지는 제라늄 줄기 같은 팔을 뻗어 어딘가를 가자고 가자
고 나를 끌었다 마디가 검고 손톱 속 반달이 눈썹처럼 까맸다

가요, 집에 가요
어릴 적 술 취한 아버지를 잡아끌었던 것같이
어디일까 아버지가 가자는 그곳

꽃놀이는 아닐 것이어서
싫어, 싫다니까 눈이 축축해지도록 버텼다
끌고 당기고 버티다 아침까지 온 날
팔이 뻐근하고 목이 돌아가질 않았다

불을 켜봐,
꽃나무들이 꿈 밖으로 나갈 거야

그런 날,
온종일 내 몸에서 걸리는 아버지, 끌어도 끌어도 버티던 술
취한 아버지가 이곳저곳에서 욱신거린다

128 『꽃나무가 중얼거렸다』

47

헬리패드에 서서

김용아

외계의 하늘을 바라보며 헬기의 이동 경로를 따라 서성이
다 헬리패드 위에 무사히 내딛는 것을 보고서야 깊은 숨을
몰아쉽니다 언젠가 잡풀 무성한 강변에서 사어가 되어버린
지 오래인 수메르어처럼 낯선 헬리패드를 만들던 그가 전화
를 걸어 부탁한 것은 그보다 더 낯선 식염 포도당정이었습니
다 동네 하나뿐인 약국에 들러 어렵게 찾아간 남한강변 걷기
만 하는데도 바닥의 뜨거운 열에 발목이 잡혔습니다 박하사
탕처럼 하얀 식염 포도당정과 얼음 결정이 그대로 살아 있는
생수 덕분인지 잠시 웃어 보였습니다 뒤에는 아직도 베지 못
한 풀들이 무성했지만 어디에서 마쳐야 하는지 언제 돌아오
는지 묻지 않았습니다 헬리패드는 무사히 완성되었고 몇 달
지난 후부터 헬기가 뜨고 내렸습니다 닥터헬기장이었습니다
어쩌면 그는 캄캄한 어둠을 뚫고 그것을 타고 날아갔다면 이
쪽에서의 시간을 좀 더 반복할 수 있었을지도 모릅니다 약국
이 사라지고 그도 사라졌습니다 읍내 유일한 약국이 없어져
함께 사라졌는지 알지 못하지만 그가 만든 헬리패드만은 그
곳에 남았습니다 그게 남아 있는 한 길을 잃지 않을 것입니다
서 있는 곳이 어디인지 모를 때 언제든 좌표가 되어줄 수 있
는 곳이 있다는 것 구조 깃발을 흔들 수 있다는 것 여전히 살
아남아야 하는 이유이기도 합니다

129 『헬리패드에 서서』

유랑하는 달팽이

이기헌

해남에서 온 채소를 다듬다가
잎사귀 사이로 웃으며 걸어 나오는
달팽이 한 마리를 만났다
깜짝 놀라 일손을 멈추었지만
조금은 귀여운 몸짓에 안도하며
나 또한 눈웃음으로 화답했다
제 몸보다 큰 배낭을 짊어 메고
조심스럽게 내 앞으로 다가와
도시를 유랑 중이라며 일박을 청했다
나는 배낭 속 소지품이 궁금했지만
달팽이는 끝내 보여주지 않았다
하루하루 지루하던 식당이
배낭 멘 여행객으로 생기가 돌았다
농수산물 시장을 둘러보고
싱싱마트를 경유해 왔다는 달팽이는
주방 구석에 마련된 숙소에서
하루의 고단한 여정을 마무리했다
다음 날 출근한 나는 여행객에게
며칠 더 머물다 가라고 요청했다
그러나 벌써 또 다른 여행지로
떠나갈 준비를 하고 있었다

도시의 개천을 둘러보고 싶다고
넌지시 도움의 손길도 내밀었다
주방 아줌마가 챙겨준 간식거리를
비밀의 배낭에 꼼꼼히 챙긴 다음
식구들과 작별 인사를 나누었다
나는 개천까지 잘 배웅해주었다

130 『유랑하는 달팽이』

수제비 먹으러 가자는 말

이명윤

내 마음의 강가에 펄펄,
쓸쓸한 눈이 내린다는 말이다
유년의 강물 냄새에 흠뻑 젖고 싶다는 말이다
곱게 뻗은 국수도 아니고
구성진 웨이브의 라면도 아닌
수제비 먹으러 가자는 말
나 오늘, 원초적이고 싶다는 말이다
너덜너덜해지고 싶다는 뜻이다
하루하루 달라지는
도시의 메뉴들
오늘만은 입맛의 진화를 멈추고
강가에 서고 싶다는 말이다
어디선가 날아와
귓가를 스치고
내 유년의 처마 끝에 다소곳이 앉는 말
엉겁결에 튀어나온
수제비 먹으러 가자는 말
뇌리 속에 잊혀져가는 어머니의 손맛을
내 몸이 스스로 기억해낸 말이다
나 오늘, 속살까지 뜨거워지고 싶다는 뜻이다
오늘은 그냥, 수제비 어때,

입맛이 없다는 말이 아니다
당신, 오늘 외롭다는 말이다
진짜 배고프다는 뜻이다

131『수제비 먹으러 가자는 말』

단풍 콩잎 가족

이 철

암포젤M으로 몇 년을 살다가

제초제로 생을 마감한

아버지를 뒷산 살구나무 아래 묻고

형과 누나와 나와 어머니와

우리는 그렇게 몇 달을

콩잎 가족으로 살았습니다

이제 집에는 선반 위 그 하얗게 달던

아버지의 암포젤M도 없고

아버지 윗도리 속의 세종대왕 백 원도 없고

찬이라곤 개다리소반 식은밥 곁에

돈다발처럼 포개진 삭은 콩잎

누가 먼저랄 것 없이 밥술을 대면

가만히 몸을 누이던

단풍 콩잎 가족

132 『단풍 콩잎 가족』

먼 길을 돌아왔네

서숙희

젖은 생을 조금씩 배경에게 내어주고
저 또한 배경이 된
한 다발의 마른 시간

그 사이
우리 관계는
먼 길을 돌아왔네

첫 마음 첫 향기는
귀밑머리로 세어지고
피울 꽃도 지울 잎도 없는 가벼워진 몸에

잘 마른
울음 몇 잎이
나비처럼 앉았네

낡은 신발 흙을 털듯
기억을 털어내고
마침표를 찍어야 하는 마지막 한 문장

마른다,
그 말의 끝은
아직 젖어만 있네

133 『먼 길을 돌아왔네』

새의 식사

김옥숙

식구들의 일용할 양식을
장바구니에 가득 채워 끌고 오다
길바닥에서 식사를 하는 그를 만났다
차가운 아스팔트 위에 맨발을 딛고
모이를 찾고 있는 그를 보았다
중력을 뿌리치고 높이높이 솟구쳐 오르던 그가
날개를 양팔처럼 몸에 붙이고
공손하게 절을 하듯 모이를 찾고 있었다
자랑하던 긴 꽁지도 뒤로 감추고
머리를 조아리고 식사를 하는 그가
내 눈길을 오래 붙잡았다
햇살 한 줌과 풀 향기 한 줌을 부리로 쪼으며
기도하듯 절을 하듯 머리를 깊이 조아렸다
반짝이는 햇살과 투명한 바람을 쪼아 먹는
조금만 먹는 그의 식사법 앞에서
불룩한 장바구니 속이 들여다보였다
배 속에 가득 찬 일용할 양식들
살찐 희망과 살찐 행복과 살찐 욕망들이
입을 벌리고 아우성을 치고 있었다
나는 물 한 모금 밥알 한 톨 김치 한 조각에도
머리를 조아리며 밥을 먹었던 적이 있었던가

낮게 낮게 머리를 숙이며
하루치의 생을 기도하며 먹었던 적이 있었던가
아무런 흔적도 없는 투명한 식사
가볍게 날아오르는 투명한 생애

134 『새의 식사』

사북 골목에서

맹문재

지난날의 항쟁을 지도 삼아
길을 알려주는 토민(土民)을 만나기도 하지만
작업복을 입은 아버지가 없기에
골목은 추상적이다

폭죽처럼 터지는 카지노의 불빛도
골목을 밝혀주지 못한다

폴짝폴짝 탄 먼지를 일으키며 걸어가던 아이들
사택 문을 열고 나오던 해진 옷 같은 아이들

나는 그 골목에서 아버지가 끓여주는 김치찌개를 먹으며
입갱하는 광차를
석탄이 달라붙은 도랑물을
"우리는 산업역군 보람에 산다"는 표어를
낯설게 바라보았다

마지막 방문이라고 다짐하고
골목 끝에서 뒤돌아보았을 때
아버지는 개집처럼 서 있었다

135 『사북 골목에서』

왜 네가 아니면 전부가 아닌지

내 몸속에는 견고한 생각주머니가 산다

장소도 새도 주머니 속에서 기생한다
곱씹으면 씹을수록
장소가 번지고 기분이 웃자랐다

주머니의 입구를 만지작거리자
새 한 마리 푸드덕 날아오른다

공중은 한없이 굴절되어
몇 날 며칠 새를 낳느라
까만 울음을 토했다

녹슨 꼭지를 틀어놓고
방목하는 새들을 헤아리는
아! 지긋지긋한 날것의 입냄새

그것은 내 두개골을 파먹는
부리 긴 새의 오래된 다정이기도 하고
종결어미가 없는 생의 파노라마 같은 것

그러니까 새는 내 몸속에

끝없이 알을 낳았던 것

신호등이, 신호등이 아니고 새인지
딱정벌레가, 딱정벌레가 아니고 왜 새인지
감은 눈 속에 떠 있는 새라고 자꾸 우기면서
목을 잡고 입을 맞추는지

왜 네가 아니면 전부가 아닌지

136 『왜 네가 아니면 전부가 아닌지』

붉은발말똥게

원종태

이미 물을 떠났으나
물을 버리지 못하여
물과 흙의 경계에 서성거린다
바다를 이미 떠났으나
두 눈 가득 차오르던 짠맛을 잊지 못하여
민물과 바닷물 사이에 집을 짓고
두문불출,
보이지 않는다
갈대숲을 요란하게 헤매고
굴 속에 시끄러운 귀를 밀어 넣어 보았다
죽은 고기를 던져놓고
시간을 접어 바위처럼 기다렸지만
너의 사랑법은 부재 혹은 멸종
갈댓잎은 초승달처럼 얼굴은 베고
설핏 붉은 발이 보였으나
도둑게 한 마리 게게게게
시간을 훔쳐 붉은 해 속으로 건너갈 뿐
너는 없다
없음으로써 너는 어디에선가 있다

137 『멸종위기종』

시인은 창문도 없는 독방에서

방금 쓴 시와 단둘이 마주 앉아 있다

프엉꽃

박경자

프엉꽃이 피기 시작하면 여름이 왔다
까멜라에서도
땀박 호수 주변에서도
여자들은 붉은색 아오자이를 입고
꽃구경을 하고 사진을 찍었다

사돈지간인 홍 씨와 응우옌 씨도 함께 꽃구경을 나섰다
나란히 팔짱을 끼고 사진을 찍는다
손자를 돌보는 그녀들의 육아는 잊고
어느 때보다 다정해 보였다

예순에도 몸매가 좋은 사돈을 부러워하는가 하면
새로 산 아오자이를 자랑하기도 했다

프엉꽃 아래에서 그녀들은 꽃보다 붉었다
일하는 딸을 대신하여 육아에 지친 마음도
남편의 외도에 상처 난 자국도 보이지 않는다

초록 잎을 덮고
꼭대기에서 피어오른 프엉꽃
부드럽고 섬세함이 하늘거리는 오후

청춘을 지나 붉게 무르익은 그녀들을 찍으며
내 마음속에도 불꽃이 번져 함께 타올랐다

138 『프엉꽃이 데려온 여름』

물소의 춤

강현숙

　동굴 벽에 물소를 그려 넣었지요 작살을 맞고 붉은 살점이 사라지고 흰 뼈로 남아 벽에 추상으로 남을 때까지 추는 물소의 춤입니다 해 진 거리로 일렁거리는 춤의 동작, 머리에 돋은 두 뿔이 동굴 벽을 선명하게 받들었습니다 살아온 것이 없으며 살아갈 것이 없을 순간에서 멈춥니다 가슴에 박힌 못처럼 육신을 붙들어 매고 물소의 춤을 춥니다 스며들고 번지고 색을 입히는 몸의 동작들이 흐릅니다 중력으로 붙들린 자세가 유일한 생존의 동작인가요 사랑이란, 순정이란 허울이 넘실거리는 벽에 비치는 그림자들의 춤 앞에서 멈춥니다 죽을 만한 고통이란 있는 것이겠지요 몸이 잊어버린 고통이란 고통이 아니었던 것이지요 지상에서의 하룻밤이었습니다 하필 왜 물소냐고 물었습니다 구체적인 날이 흘러가야 했으니까요 가끔은 땅을 짚지 않은 채로 추는 춤을 쫓습니다 별도 뜨질 않고 강물이 흐르질 않는, 어둠의 격렬한 파동을 몸이 기억합니다 그리워하는 것들을 부릅니다 바깥을 감싸며 일렁거리며 흘러가는 연둣빛 물결을 그리워합니다 거기 눈 덮인 땅이 있었다지요 그림자로 박힌 물소들이 살았다지요 물소들의 환상이 있었다지요

에말이요~

목포 사투리로 '에말이요~'란 말이 있지. 그 뜻이 뭔고 허
니 내 말 좀 들어보라는 것이야. 처음에는 그 말뜻을 몰라서
어리둥절혔어. 왜 말을 싸가지 없게 그따위로 허느냐고 시비
거는 줄 알았어.

목포 말이 워낙 건조혀서 다짜고짜 얼굴을 들이밀고는 '에
말이요~' 이러면 가슴이 철렁혔어. 혹여 내가 뭘 잘못헌 건
아닌지 머리를 핑핑 굴려야 혔어. 누군가 등 뒤에서 '에말이
요~' 이러면 흠칫 뒤가 시렸지.

그런디 목포살이 오래 허다 봉게 이제는 '에말이요~'란 말
이 얼매나 살가운지 몰라. 혹여 생판 모르는 사람이라도 '에
말이요~' 이리 부르면 솔깃 여흥이 생기는 거야. 나도 이제
목포 사람 다 되어서 '에말이요~' 아무나 붙잡고 수작을 부
리기도 허는디

140 『목포, 에말이요』

64

식물성 구체시
— 구체시 18

그곳에서 대지가 홀로
키워놓은 홀소리 열개

바람이 불면 닿소리 열넷
북풍 퀸텟 동풍 쿼텟으로

빗속에서도 홀소리
빛속에서도 닿소리

언어의 환한 그곳에서 다만
뿌리자리 그 주인으로 남아

　* 볼리비아 아마존강 상류의 오지 열대림에도 모음과 자음의 문자림은
　　있다. 문자가 없는 곳에도 구체시는 있다. 원시림에 뿌리를 내린 생
　　명과 소리의 구체시.

141 『식물성 구체시』

꼬치 아파

윤임수

혀 짧은 발음의 그는
가끔 미간을 찡그리며
아후 꼬치 아파, 하는데
대체
골치가 아픈 것일까
꼬치가 아픈 것일까

오늘 아침
장대비에 맥을 놓은 백일홍을 보며 또
아후 꼬치 아파, 하는데
백일홍은 골치도 없고 꼬치도 없으니
분명
꽃이 아픈 게 맞으렷다.

142 『꼬치 아파』

아득한 집

다락이 있는 집
장독대 곁 감나무에 이마를 댄
술래가 눈을 뜨고도 좀처럼
아이들을 찾을 수 없는 집
아버지한테 꾸지람 듣고
혼자 웅크리고 앉아 분을 삭이는
대청마루 밑 은신처가 있는 집
어머니가 저녁밥 먹으라고
헛간에서 고샅에서 이웃집에서
이름을 불러대며 찾고 다녀도
일부러 꿈쩍 않고 애타게 하는
그 은신처로 돌아가고 싶은 집
객지에서 서럽고 쓸쓸하고 고단하여
달이라도 쳐다보고 싶을 때 달려가
건너고 싶은 강이 있고
오르고 싶은 산이 있고
걷고 싶은 들길이 있고
등목하고 싶은 우물이 있는 집
북새풍이 불면 방패연을 날리고
눈썰매 타고 싶은 언덕이 있고

낙서하고 싶은 골목이 있고
기대고 싶은 정자나무가 있고
도서관 같은 그 아래서 사철 구수하게
옛이야기 들려주는 할아버지가 있는 집
함부로 말할 수 있는 동무가 마중 나온
두엄 냄새 풍기는 대나무골
부엌에 그을음 번들거리고
뜨락에서 어미 닭과 병아리들 놀고
얼룩소가 느긋하게 되새김질하는
마당 넓고 싸리울 낮은 집

143 『아득한 집』

여기가 막장이다

정연수

삽질을 한다
아무리 퍼내도 끄떡 않는 막장
사람답게 살고 싶다 두 주먹 불끈 쥐고 나서
굳은살 박이도록 삽질해도 줄지 않는 절망
여기가 막장이다

광부도 사람이다, 투쟁 뒤에
광부에서 광원으로 이름 바꾸고
노동자에서 근로자로 해마다 달력만 새로 갈았다
도시락 반찬이야 매일 바뀌어도 여전히 가난한 식탁
여기가 막장이다

이 땅의 광부는 가고
근로자, 근로자의 날, 모범근로자 표창
더 쓸쓸한, 여기가 막장이다

내 딸년만큼은 광부 마누라 만들지 않겠다
내 아들놈만큼은 광부 만들지 않겠다
하찮은 걸 소원하는 여기가 막장이다

탄광촌 올 때 다짐했다
삼 년 지나면 떠난다

삼 년만 죽어지내자던 게 삼십 년이 지나도 까마득하다
굳어 가는 폐는 알까
천년만년 썩은 석탄처럼 알 수 없는 까만 세월
여기가 막장이다

내년에는 꼭 떠나자 그렇게 떠나고 싶더니만
정부까지 나서서 떠나라고 등 떠미는 석탄 합리화
탄광촌 들어올 때도 누가 그렇게 등 떠밀더니만
나갈 때도 또 그렇게 등 떠밀린다
발걸음조차 내 의지로 딛지 못하는 땅
여기가 막장이다.

144 『여기가 막장이다』

곡선을 기르다

곡선을 기르는 나무
잎사귀나 꽃은
직선이 없고 곡선만 있다
무성한 줄기로 슬픔과 배려를 기르며
숲도 달빛도 동반자라고 가르친다

직선을 선호하는 사람
꺾일 수도 떨어질 수도 있어
엄마 젖을 먹으며 자라는 아기를
곡선으로 기른다

둥지 잃은 산새와
비바람에 쓰러지는 풀잎의 울음
둥글게 드리운 산그늘이 감싼 붉은 이슬
곡선이 아니고는 품을 수가 없다

나무를 가꾸며 꽃을 피우고
사람까지 키우는 곡선

봄산을 오르다 무더기로 피어난
제비꽃과 철쭉에 멈춰서는 발걸음

햇살의 그림자와 바람의 손길

눈앞이 곡선의 세상이다

145 『곡선을 기르다』

봄날 이력서

서화성

봄날은 어디서부터 시작할까
내 고향은 어느 먼지가 뿌연 두메산골인지
무소식을 짊어진 우체부가 사라지는 어느 골목길인지
서너 달 걸려 소독차 꽁무니를 쫓아갔던 그날부터일까
아래 이장집 굴뚝에서 연기가 새어 나오는 저녁 무렵인지
고구마를 굽는다며 얼굴까지 타버린 그날인지
막차가 떠난 밤길을 걸어서 왔던 어느 논두렁인지
건넛마을에 마실 간 엄마가 돌아왔던 달빛부터일까
까까머리에 가슴을 움켜쥐고 여학교를 지나갔던 시절인지
모캣불을 피우며 떨리던 손을 잡았던 그날인지
읍내 제일 큰 빵집에서 미팅한 오월부터 시작일까
이브 날에 걸었던 어느 키가 커버린 철둑길인지
코스모스가 뜬눈으로 설레게 한 어느 가을날인지
밤새 새끼손가락을 걸었던 첫눈이 내린 산동네인지
답장을 기다리며 꾹꾹 눌러 쓴 밤편지인지
어디쯤에서 봄날은 시작했을까
내려오다가 달빛에 상처나 입지 않았을까

146 『사랑이 가끔 나를 애인이라고 부른다』

더글러스 퍼 널빤지에게

백수인

당신은 캐나다 어느 눈 내리는 숲속에서 잠을 깨고
선선한 바람 속에 다시 잠이 들었겠지요

빅토리아 항구를 떠나 태평양을 건너는 동안
당신은 소금기 짙은 바닷바람에 등을 말리고
화살처럼 쏟아져 박히는 햇빛들을 온몸으로 맞았겠지요

부산항에 닿아 남해고속도로를 따라와
당신은 드들강 가의 어느 제재소에서
둥근 몸을 틀어 가슴 넓은 바다의 물결이 되었겠지요

내가 당신을 처음 만난 인연은 거기부터였지요
당신이 나를 따라 무등산 자락 아파트로 온 거지요
그리곤 내가 밤낮으로 퍼 나르는 학문과 예술
그 궤도의 무게를 감당하는 침목이 되었지요

이제 수십 년 짊어진 짐을 놓으시고
내 고향 집에 가서 함께 사시지요
당신의 피부에 켜켜이 쌓인 철학과 문학과 예술의 가루들을
깨끗이 털어줄게요
당신에게 주어진 각진 모서리들을

부드럽게 깎아드릴게요

마음속에 간직하고 있던 살결 고운 무늬를
이제 도드라지게 해드릴게요
부드럽게 물결져 흐르는 푸른 하늘 속 흰 구름처럼

147 『더글러스 퍼 널빤지에게』

방충망 장수의 말

박은주

꼭 걸러야 할 무언가가 있다는 듯
낡은 쪽문을 떼고 방충망을 다는 그는

해충이 몸을 무는 것 같지만 실은 마음을 무는 거라며
방충망 하나면 근심 걱정 다 걸러줄 거라는데
그래 살다가 물리는 건 몸이 아닌 마음이었지

그런 마음을 뒤적이며
전화번호부 목록을 정리하는 것도
조리로 불린 수수를 일며 돌을 거르듯
누군가를 거르는 일이었지

방충망 장수는
다시는 물리지 않겠다는 듯
어느새 옆집 쪽문을 떼고 방충망을 단다

그날 저녁
방충망에 달라붙어 불빛을 쫓는 해충과
방충망에 달라붙은 해충을 쫓는
그렇게 방충망을 사이에 두고 쫓고, 쫓기는
그림자를 보며

나는 누구의 바깥에 서 있는 걸까
나는 누구를 바깥에 세워놓은 걸까
생각했다

148 『나는 누구의 바깥에 서 있는 걸까』

그들이 사는 법

한영희

내가 세 들어 사는 아파트에는

천리향 아가씨가 삼천 그루
벗나무 아줌마가 팔십 그루
개미 아저씨가 수만 마리
새침데기 길냥이는 열두 마리가 산다

밤새 봄눈 내린 날에는 비질하는 소리가 알람처럼 들려왔고
목련꽃 필 때는 길냥이 쮸쮸가 꽃향기에 취해 콧구멍을 연
신 벌렁거렸다
밤이면 불면증에 걸린 윗집 라디오, 옆집 남학생의 코 고는
소리, 술 취해서 싸우고 술 취해서 기분 좋은

네모난 집들이 다닥다닥 붙어서 말동무하는
울퉁불퉁 재밌는
유림로 175번지

퍼즐 조각처럼 흩어져 살아도
하나가 빠지면 텅 빈 계절 같은 여기

나는 그들과 함께 오늘을 채우고 있다

149 『풀이라서 다행이다』

가슴을 재다

박설희

브래지어 사러 왔는데 치수를 잘 모르겠다고 했더니, 눈대중으로 얼추 비슷한 치수의 것을 들고 성큼 일어선다

양팔을 들게 하고 브래지어로 내 가슴 치수를 잰다 나도 모르는 내 가슴의 치수를 잰다 줄었다 늘었다 어떨 땐 콩알만 했다 어떨 땐 듣도 보도 못한 공간으로 휙 날아가버리는 내 가슴을 잰다 내 가슴 크기를 나보다 더 잘 안다고 한다

굳이 그렇게까지 하지 않아도 된다며 사양해보지만 막무가내, 평생 누군가를 먹이고 입히느라 살가죽에 가까워진 젖가슴으로 당당히 서서 내 가슴 크기를 잰다 당신 가슴은 얼마라고 숫자를 댄다

황송히 그 숫자를 받아들고 아, 내 가슴이 이만하구나 그런데 큰 건지 작은 건지 기준치를 몰라 쩔쩔매다가 생각해보니 가슴 크기의 평균이 뭐가 중요하랴

내게 딱 맞는다며 자신 있게 내미는 브래지어를 웃음으로 받아 들고 돌아서려는데 주변 노점에서 지켜보고 있던 수원 남문시장의 가슴들이 다들 깔깔 웃는다 빈 가슴으로 웃는다 비워서 충만해져서 웃는다

속삭거려도 다 알아

유순예

오줌 어르신도 잘 잤고
똥 어르신도 잘 잤는데요
배회 그 어르신은
밤새 오락가락하셨어요

노인 요양 시설 야간 근무자와 주간 근무자의
인수인계 대화를 귀담아들은
어르신, 병상에 누워
눈을 똥그랗게 뜨고 바라보신다
아흔여섯 살인 당신이
마흔한 살이라고 우기는
어르신, 굳어가는 혀로
떠듬떠듬 말씀하신다

소, 속삭, 거, 려, 도, 다, 알아!

중딩들

이봉환

찬란함을 잉태하려 하는구나 투명들아 까르르 댕댕일 닮은 청먹빛 눈동자들아

수미산을 담아도 아수라의 희로애락이 다 배어들어도 좋을 꽃망울들아.

가장 예쁜 사랑을 꿈꾸고 아픈 이별과 크나큰 모험 들을 준비하는구나.

아슬아슬 학교 건물 끄트머리 대롱대롱 매어 달린 저 위험한 빗방울들아

교실 바닥에 콩콩 책상 위에 통통 튀어 오르는 데굴데굴 구르는 쥐눈이콩알들아

153 『중딩들』

황금 언덕의 시

김은정

한 여자가 걸어간다.
이 지상에 도착한 복잡한 하오의 표면을
자신의 하이힐 굽으로 똑 똑 똑 두드리고 있다.

거대한 성문처럼 지표가 열리고
그 내부에서 인디아나 존스의 발굴 같은
기적이 줄 줄 줄 나올 것 같은 예감이다.

겹겹의 우주가 쌓여 있는 층층의 신비주의
정령이 에워싸고 있는 이 세상의 핵 가운데 핵
씨앗처럼 그녀는 북두를 조금 빗겨 난 위치에서
사랑으로 가득한 두루마리, 그 영혼의 소슬 기둥
자주적으로 곧추선 시곗바늘처럼 움직이고 있다.

초가을 황금 언덕을 오르는 그녀는
지금, 이 순간을 기념하는 한 그루의 신단수다.
에르메스 핸드백을 든 별자리 같기도 한 듯
지체 높게 나아갈 길을 걸어가는 백두의 사제다.

그녀의 진주산 비단 목도리가
그녀의 날개처럼 살아 펄럭인다.

비로소 찬란한

절정의 때를 만나고 있는 그녀의 숨결이

보란 듯 이 세상 정면 잠금장치를 푸는 시간

유서 깊은 파텍 필립의 침향을 더한다.

신림 같은 황금 언덕을 걸어가는 그녀

우주의 태극 원반 위에서 세수하고

탁족도 그리던 그 지문으로 맞은

행복한 오늘!

155 『황금 언덕의 시』

고요한 세계
— 김경철을 기리며

유국환

들을 수 없어도 나는 보았지요
꺼칠한 손으로 애교머리를 쓸어내리는 여동생의 꿈을

말할 수 없어도 나에게도 꿈이 있었지요
기와를 굽더라도 어무이 배곯지 않게 하겠다고

갸가 어릴 때 경기가 왔는디
나가 뭘 모릉께 마이싱을 많이 맞아부렀제
그 이후로 귀가 먹어버렸어

사람들이 유행가에 어깨를 들썩이는 날이었지요
강물은 흘러갑니다 제3한강교 밑을
당신과 나의 꿈을 안고서 흘러만 갑니다

너 데모했지, 연락병이지?
어디서 벙어리 흉내 내?
손사래질 위로 햇살보다 몽둥이가 먼저 쏟아졌습니다
까마득한 곳에서 어무이 말소리가 들렸지요
내일하고 모레면 부처님 오신 날인디

갸가 기와를 굽다가 가운데 손가락이 짤려부렸어
다들 형체를 알아볼 수 없는데 요래조래 찾아봉께

가운데 손가락 없는 애가 눈에 딱 들어오던걸

올해로 마흔 번 아들을 죽였다고 말하지만
울 어머니가 아들을 쓰다듬을 때마다
시커먼 땅속에서는
파란 잔디와 뜨거운 햇살이 살아난다니께요.

156 『고요한 세계』

나트륨

나트륨 혼합물이 비커에서 끓고 있다. 이 금속은 다른 물질
과 결합하여 변신에 변신을 거듭한다. 소금의 원료가 되었다
가 인류를 멸할 폭발물로, 실험자인 나와 동화되었다가 우주
의 일부로 돌아가는 저 생명체, 놀랍다. 눈을 크게 뜨고 데이
터를 축적하면 차차 쌓여가는 점성. 끈적이는 땀을 닦아내면
편두통이 바늘 같은 새치를 통해 콕콕 찔러온다. 저 혼합물이
비등점을 넘어갈 때 나는 담을 넘어 우주로 비행할 것이다.
벨이 울리고 점멸등이 켜지자 비로소 나는 허리를 편다.

나의 혼합물이 우주에서 유영하고 있다. 불확실성 시대에
나는 적당히 타협할 우군도 없다. 누구와도 섞일 수 없는, 오
직 반복하는 실험과 두드려야 하는 수식들. 내가 나를 믿고
나의 확신을 믿고, 믿고 싶은 것을 믿고 끊임없이 반복되는
실패를 믿어본다. 이따금 내가 나를 부정하려 치면 서로 투명
한 가슴을 포개 차례를 기다리는 저 비커들이 한꺼번에 반란
을 일으킬 것이다. 눈금이 닳아서 희미해진, 백내장을 앓는
어머니의 눈동자를 가진 저 순수한 목숨들.

마스카라 지운 초승달. 아내의 잠이, 서툰 화장이 거울 가
를 더듬는다. 무서워요 오늘도 못 들어오시죠. 차가운 시간이
뚜벅뚜벅 다가와 목덜미를 짓누른다. 은박지처럼 반짝이는

밤하늘 나트륨 가루가 뿌려져 있다. 저 분말이 아내의 눈물과 반응하면 하얀 불꽃이 되어 폭발할까. 백 년을 기다렸다는 고차방정식의 한 축, 그 미지수로 남을 수 있을까. 일교차가 심하다. 이제 나트륨 조각을 썰어야 할 시간이다.

157 『마스카라 지운 초승달』

수궁가 한 대목처럼

장우원

세상은 용궁과 같아서
제정신으로는 버티기 힘든 곳

제정신으로 버텨야 하는 곳

토끼 용궁 가듯
토끼 간 넣어 두듯
햇볕 잘 받는 창가
버티고 섰는 빨래 건조대에
나를 걸어 두고 나가야지

나 없이 빈 몸으로 나왔어야지

그럴 수 있다면
다시 돌아갈 수 있다면

토끼 간 찾으러 가듯
나를 다시 찾을 수 있다면

토끼 용궁 빠져나가듯
반지하 한 움큼 빛을 따라
한 번쯤 구원을 받을 수 있다면

제정신으로는 버티기 힘든 세상

토끼 간 꺼내 놓듯

나를 두고 나설 수 있다면

158 『수궁가 한 대목처럼』

목련 그늘

조용환

천지간에 하얀 꽃빛으로 놀러와
까맣게 저무는 것들을 탓하지 말라
목련 꽃잎 까무룩 흩어지면서
뜨락을 지을 때
어린 너에게는 천만년의 목소리로
놀자고 같이 놀아달라고,
다 늙은 너에게는
천지간에 새끼를 치는 뻐꾸기처럼
피붙이를 부르는 호곡(好哭)일 테니,
저 하얀 꽃잎은 절명하는 게 아니다
귀를 대이면 강물이 치고
뒤란을 떠메고 갈 듯 우짖던 참새 떼며
소나기 치던 마을을
오래오래 밝혔던 등불이었으니
하늘 닮은 눈동자들을 피워 올렸다가
저무는 것들이 옹기종기 모여
첫울음으로 지는 때에
거기 적막이 더해져야
다시 눈부신 초록을 얻는 거다
푸르러지는 뒷동산에
내가 살고 있기 때문이다

그대라면, 무슨 부탁부터 하겠는가

박경조

절간 입구에서 산 한 됫박 쌀
쌀알보다 많은 부탁 나한 앞에 쏟아놓고
휙 나오는데

무명 치마 울 어머니 영산전 앞에서 마주쳤네

잔병치레 잦은 막내 딸년 생명줄 이으려던
막막한 심중의 초하룻날 신새벽
갓 찧은 공양미 이고
수십 리 밖 순례길 나서던 하얀 코고무신
한 걸음 한 걸음 쌓아 올린 그 탑 안에
나를 세워주신 당신 기도, 까맣게 잊을 뻔했네

부끄러워 돌아보는 거조암 한 바퀴
'곡선은 이치이고 깨달음'이라던
어머니 비질 자국 마당 가득 곡선인데

그대라면,
오백 나한 앞에 조아리며
무슨 부탁부터 하겠는가?

160 『그대라면, 무슨 부탁부터 하겠는가』

91

동행

박시교

내가 누군가의 기댈 언덕이
될 수 있다면

그의 상처 쓰다듬는 손길이
될 수 있다면

험난한
세상의 다리까지도
되어줄 수가 있다면

그들이 내린 뿌리는 이미 수없이 많은 중심을 낳고 있었다

모두가 중심이었으므로 중심은 비어 있었다

광부의 하늘이 무너졌다 1

성희직

28, 44, 229, 223, 222, 201…
이는 단순한 숫자가 아니다.
누군가에겐 피를 나눈 아들 형제 아버지이고
또 누군가에겐 따스한 체온으로 각인된
정겹고 사랑하는 남편이었을 사람들이다

1979년 4월 14일 정선군 함백광업소 화약 폭발 사고
28명이 한순간 목숨 잃은 사고 현장 처참했단다
10월 27일 문경시 은성광업소 갱내 화재 때는
광부 44명이 아비규환 생지옥에서 하나둘 죽어갔다
1973년부터 매년 탄광 사고로 목숨을 잃어
숫자로만 세상에 남겨진 광부의 또 다른 이름이다

연탄불로 밥을 짓고 겨울을 나던 산업화 시대
높은 곳의 불호령에 연탄 파동은 겁이 나도
사망 사고는 보상금 몇 푼이면 해결할 수 있기에
회사는 늘 안전보다 생산이 먼저였다
자고 나면 탄광 사고 소식 우물방송으로 퍼지고
날벼락처럼 또 한 가정의 대들보가 무너졌다

광부의 하늘은 그렇게 시도 때도 없이 무너져도

광업소 정문 간판 구호가 허세를 부리고 있다

"우리는 산업역군 보람에 산다"

162 『광부의 하늘이 무너졌다』

모과의 방
— 사내

노란은 함정이다

아니다 두 마리 벌레가 기어들어간 집

꽃 떨어진 뒤끝치고는 아삼삼한 때깔

아니다 노랗게 떠서 입술 따먹고 사는 집

미쳤다 자물쇠 꽉꽉 채운 갱도 입구는

발 없는 새가 다녀간 자리

갈탄 캐는 사내의 땟국물에 전 가시내 신접살림 차렸네

둘이 단칸방에 드는 일

씨눈을 방점 찍어 얼굴 맞대면

와랑와랑 내걸리는 뭇별

노란은 하나다

아니다 벽장을 흔들어 제 이마 짚는 집

카시오페이아와 안드로메다의 별들이 똥 누기 전에

종유석 같은 새끼 굳게 낳아

지하 동굴은 씨알머리로 깊어가는 하늘

천년에 아흔아홉 번 물방울이 몸 뒤척일 때

누군가 바투 문 따는 날이 닥친다 해도

노란 집은 한 번만 툭 떨어지면

케페우스와 페르세우스가 만만세

하늘이 소리 없이 내려앉는 동안

미나리아재비 너머 산수유 지고 피고

갱도를 내달리던 탄차는 탐문을 피해
컴컴한 밥그릇에 며느리밑씻개 퍼다 날랐지
갈탄의 윤이 나는 출구 없는 방에서도
피붙이는 돌순으로 자라나
갱도를 발효하는 올록볼록 숨소리

노란은 꺼진 등불이다
아니다 천년만년 달수를 잉태하는 블랙홀

163 『천년에 아흔아홉 번』

이별 후에 동네 한 바퀴

이인호

자주 가던 미용실이 문을 닫았다 이발을 하려다 이별을 했고 걷다 보니 사과밭이었다

아침의 사과는 툭툭 노크해도 잘 떨어지지 않았다 차라리 계세요라고 물었더라면 저절로 떨어지는 건 피할 수 있었을 텐데 저녁의 사과는 사과나무에 매달려 가까스로 종말의 의미를 읽어간다 익어간다는 것은 종말에 대한 예의를 갖추는 것 그날 밤 너는 만남에도 이별에도 예의를 좀 갖추자 했다 작작 나무 긁는 소리가 너머에서 들렸다

우리가 만남에 대해서 예의를 다하고 있을 때 이제 막 애인은 구멍이라고 했다 나는 양말이라고 했다 구멍 난 양말이어서 우리는 누군가에게 초대받는 일이 두려워 서로만 초대했다

– 보고 싶은 사람들이 보고 싶다는 마음처럼 사라져
– 망막과 눈꺼풀 사이로 잘못들이 달아나고 있어

종의 기원

빙하가 녹고 사과밭이 물에 잠기고 사과가 둥둥 떠다니는

지금도 사라지고 있는 어떤 종들에 대해 얘기하며

미용실을 지나고 사과밭을 지났다

잘못을 했을 때 숨을 참으면 조금 용서받는 기분이 들기도
한다고 신발을 벗은 넌 튀어나온 엄지발가락이 두더지 게임
의 두더지 같다며 웃었다

형광색 조끼를 입고 쓰레기를 줍는 사람들
보인다
안 보인다

지친 우리는 조금 더 앉아 있자고 서로에게 기댔는데
보이는 것과 안 보이는 것 사이에 눈금처럼 앉았던 우린

종의 구분이었을까?

스스로 눈금이 돼버린 난 동네를 걷기만 한다

164 『이별 후에 동네 한 바퀴』

무릉별유천지 사람들 2

이애리

두미르 팻말을 두루미로 잘못 읽었다는 걸 안내도를 보고 나서 무릉별유천지인 줄 안다. 무릉별 열차가 청옥호수 근처를 지날 때 아버지 안전모의 뿌연 시멘트 가루가 떠올랐다.

장독대 항아리를 수시로 닦던 어머니 손길에 켜켜이 쌓인 먹구름 가루의 정체를 지금껏 몰랐다. 무릉별유천지 루지 정류장이 설치된 산기슭, 석회석을 캤던 자리는 흡사 심장 수술로 파헤쳐진 아버지 가슴을 닮았다.

행여나 무릉별유천지의 과거를 묻지 마라. 누구든 그러그러한 과거 하나 없겠는가. 쌍용양회 동해공장 무릉3지구, 무릉별유천지는 석회석 폐광지였다.

승객을 나르던 객차는 세월 속에 사라졌고 삼화역에서 석회석 돌가루를 가득 싣고 동해항으로 운반하던 화물열차만 드문드문 북평선 철길 위로 다닌다.

새벽마다 가래 끓는 아버지의 기침 소리는 날이 갈수록 심해졌다. 쌍용에서 밀가루 한 포씩 나눠주면 아껴두었다가 명절에 꿩만두를 빚었다.

고단했던 퇴근길은 술 냄새로 저물었다. 석회석 광산에서 돌을 캐다가 석산이 무너져 동료는 그 자리에서 유명을 달리하고 말았다. 구사일생으로 아버지는 목숨을 건졌지만 허리와 팔이 부러져 척추 보조기에 몸을 지탱해 평생을 불편한 몸을 짊어지고 살았다.

무릉별유천지를 섣불리 상상하지도 마라. 축구장 백오십 배 면적의 석회석 광산지다. 아버지도 숙부도 외삼촌도 광부였다. 오십여 년 동안 석회석을 캐낸 산자락에 청옥호, 금곡호라는 두 개의 호수가 생겨나고 다시 삼화 사람들 곁으로 돌아온 무릉별유천지.

석회석 원석을 부수던 쇄석장은 광부들의 고된 노동과 피땀을 말해주는 곳. 청옥호수 곁 거인의 휴식 조각상만 모든 걸 아는 듯 나를 물끄러미 바라보고 있다.

165 『무릉별유천지 사람들』

오늘의 지층

조숙향

1

너에게서 나에게로 가는 저녁
경계가 지워지는 하늘

신선한 아침에 빛났던
너의 눈동자에 모래바람이 분다

너무 많은 밝음에서 너무 흔한 어둠으로
서로를 통과하며

흐린 고요를 남긴다

짝을 잃은
풍산개의 풀린 눈빛에 저녁이 담겨 있다

2

흰나비 떼가 날아오른다
오늘의 일기 앞에서

하늘을 물들이는 낯익은 새소리
철 지난 진달래 꽃잎

웃자란 새싹들

버석거리는 소나무 입술

쉴 곳을 잃어버린 바람이 내 뒤로 사라진다

먼 산에 하얗게 얼음이 덮인다

166 『오늘의 지층』

오른쪽 주머니에 사탕 있는 남자 찾기

김임선

그때 오른쪽 주머니에
사탕 있는 남자가 내 앞을 지나간다

혹시, 당신의 오른쪽 바지 주머니에 무엇이 들어 있는지 아세요? 어머, 이상한 생각은 하지 마세요 도둑 아니고 강도 아니에요 당신의 왼쪽 바지 주머니라 해도 상관은 없어요 당신의 왼쪽 심장이라 해도 상관없지요

사탕 있으면 한 개 주실래요? 에이, 거짓말! 나는 당신의 주머니를 잘 알아요 한번 만져볼까요? 꽃뱀 아니구요 사기꾼 아니에요 그렇게 부끄러워할 것 없어요 그럼 당신 손으로 당신 주머니에 손 한번 넣어보세요 어머, 그것 보세요 사탕이 남아 있다니 당신에게 애인이 없다는 증거예요

그것이 어떻게 당신의 주머니에 들어갔는지 당신은 모를 수 있어요 누구에게나 주머니에 사탕 한 개씩은 들어 있어요 사랑 말이에요 세균처럼 바이러스처럼 그 사탕 나한테 주시면 안 될까요? 나는 달콤한 것을 좋아해요 유난히,

망설이지 마세요 그 사탕 내게 주면 당신 주머니에는 또 다른 사탕 생길 거예요 사랑처럼 말이에요 경험해보지 않으면 믿을 수 없는 일 맞아요

사탕 대신 꽃은 어때요?

어머, 꽃 피우는 당신 마법사였군요

꽃을 나눠 가진 우리

이제 달콤해집니다

167 『오른쪽 주머니에 사탕 있는 남자 찾기』

소리들

애기동백 꽃송이째 떨어지고, 그에 휘둥그레진 동박새 쓰
윗 쯔윗 날아간다 가지에 걸린 울음은 쯔윗 쓰윗 동박새를 쫓
지 못해 안달이어서 소리는 꼬리를 떨며 오래도록 귓바퀴를
돈다

두꺼운 표지 빛바랜 표지 습기를 먹어 우둘우둘한 표지 내용
이 궁금하고 귓속이 아릿하고 심장이 뛰는 그 표지를 넘기면
  십 년이 단번에 가고 그렇게 열 번쯤 또 지나서
  광학렌즈를 눈에 댄 이가 달그락거리는 정강이뼈를 들고
나를 부른다

  생활의 반대편은 늘 어둠이 고이는 정원
  죽어가는 노루의 충혈된 눈처럼 할미꽃이 게슴츠레 피고 홍
가시나무 아래 꽃댕강이 지는 봄, 쇠부엉이가 뜬금없이 울어

  죽은 할머니죽은고모죽은아버지죽은엄마죽은동생죽은 봉
선이 언니 봄밤에 비명을 지르더니 꽃상여가 조용히 동네를
한 바퀴 돌았다 몽글몽글 피기 시작한 하얀 아카시아꽃에서
이상한 분 냄새가 났다

  하늘 한편 흰 달이 켜진다

바스락바스락 자신의 뼈를 끌어안고 누운 마른 홑청 같은 이름들

하나씩 들추어 불러본다

168 『소리들』

울음의 기원

강태승

사자가 목을 물자 물소의 울음이 사자의
이빨에 물려 사자 핏속으로 섞여버렸다
발버둥 칠수록 물소의 설움 분노 억울함
물소의 살아온 내력과 살아갈 날의 시간
사자의 송곳니에 오도 가도 못 하다가
차라리 사자의 이빨을 타고 개울 건너
사자의 동족으로 걸어가고 있는 오후,

물소 목숨은 먹지 못하고 고기만 먹은
물소 추억과 사랑은 한 점 씹지 못하고
물소의 식은 뼈다귀만 물고 다니다가
하이에나가 나머지를 숲으로 달아나자
바람이 앞질러 엎어놓는 생토(生土)에
올바르게 싱싱해지는 줄기와 가지 끝
푸르른 하늘로 나무는 둥근 웃음 걸쳤고,

표범의 발톱에 남은 피를 햇빛은 말려도
날아오른 독수리가 폭력을 다시 펼치자
오히려 핏줄 선명하게 빛나는 바오밥나무
허기의 등불이 사자 오장육부에 켜지면
계곡 타고 솟아오르기 전에 고기를 물어야
꺼지는 불로,
나일강은 세상에서 긴 어둠으로 반짝인다.

169 『울음의 기원』

느린 길

함진원

꿈에서 본 낙타는 없었다

등에는 낡은 시간과 하품하는 오후가
끄덕끄덕 가고 있었지
방향과 출구는 달라도 평생 동안 한 길로
가는 뒷모습
지는 해 닮았어

붉은 것 속에는 말하지 못한 노래가 살고 있지
희미한 방울 소리 내며 세상으로 갔던 느린 길

길이 없을 때 길을 만들고
길 잃었을 때 눈 맑은 낙타를 만났어
뒤돌아보지 않고 쉼 없이 가야만 했던
고단한 생 한 점 한 점 찍으며
꿈 접지 못한 채
파닥거리며, 쓰러지며, 잠을 이기며
눈먼 호랑이 찾아 순례길 떠났다는 소식

낙타 등에서 울어본 사람만 아는
풍경 소리 들으며

170 『눈 맑은 낙타를 만났다』

도살된 황소를 위한 기도

김옥성

피처럼 노을이 퍼진다 골목마다 집집마다
쌀 씻는 소리
밥 짓는 향기
화인(火印)처럼 이마가 불탄다
누군가의 육체로 연명하는
이 도시는 절대로 유령들에게 점령당하지 않는다

방금 전생에서 돌아온 사람처럼 창백한 얼굴들이 스쳐 지나간다
피 묻은 육체가
악몽이 열리는 나무처럼 펼쳐져 있다
저 죽은 육체는 왜
이승에 정박한 닻처럼 무거운 것일까

심장을 파헤쳐보니 너의 슬픔은 한 송이
영산홍이었다
마지막 울음을 뱉어낸 너는 더이상 비명을 지르지 않았다
그러나 그의 귀에는
후생에서 들려오는 비명이 꽉 들어찼다
어쩌면 나는 그가 전생에서 도살한 짐승이었는지도 모르지
어쩌면 그는 내가 전생에서 도살한 짐승이었는지도 모르지
어쩌면 그는 수천수만 번의 생 동안 수천수만 번 자신을 살

해한 자들을
　도살하고 있는 것인지도 모르지
　아무도 알아선 안 되지

　순항하는 목숨들은 없는 것일까
　그러게 순항하는 슬픔이란 애당초 없는 것이다
　여기는 좌초한 목숨들이 흘러들어오는 곳
　그는 빛바랜 일지에 오늘
　도살된 육체의 이름을 기록한다
　목숨이 갈라질 때마다 저절로 새어 나오는 비명의 기록은
생략한다

　삼생을 몇 바퀴 돌고 온 듯 파리가 허공을 휘젓는다
　썩은 살점을 찾는 것일까
　남아 있는 온기를 찾는 것일까
　아니면 피의 기억을 더듬는 것일까
　그런 쓸데없는 생각이 괴롭혀왔기 때문에
　그는 평생 외롭고 슬펐다

　한때는 초식동물의 피에서 초원의
　풀냄새를 맡기도 했다
　싱싱한 생피를 마시고 옷소매로 피 묻은 입술을 닦고

초식동물처럼 초원을 내달리고 싶었다
풀처럼 거센 바람 속에서 아무렇게나 춤을 추고 싶었다
핏속에 적멸보궁이 있다는 깨달음을
얻었다고 생각한 때도 있었다

오늘도 무사히 잠들 수 있을까
잠에서 깨어나 푸른 하늘을 올려다볼 수 있을까
눈을 뜨면
피의 울음이 고인 하늘에 태어나 있지 않을까
월요일엔 산사에 들러 천수경을 외우리라

그는 너의
뛰는 심장을 기억한다
심장 속에서 끊임없이 붉은 영산홍이 피고 지고 또 피었다
피에서 피로, 피에서 꽃으로, 꽃에서 꽃으로 펼쳐지는 피의
연대기에 대해 생각한다
석양으로 떠나간 사람들은 붉은 꽃으로 태어났다
짐승들도 사람들도 꽃으로 피어날 것이다
그러나 그는 왜 너의 붉은 육신을
먹어야 하는가
나는 언젠가
너를 먹지 않을 수 있을까

순식간에 공기가 바뀐다
하늘에서 불타고 있는 구름 조각들을 올려다보며
피 묻은 시체들에 대하여
부유하는 것에 대하여
흩어지는 것에 대하여
탄생하는 것에 대하여 더 깊이
생각하려다 그만둔다

곧 밤의 시대가 도래할 것이므로
우우 진군해오는
어둠의 자식들
울부짖는 짐승들의 형형한 눈동자와 나는

* 〈도살된 황소〉: 렘브란트의 그림(1643년경)

171 『도살된 황소를 위한 기도』

그날의 빨강

한여름 세찬 소나기 맞은 맨몸

가시광의 빨강을 빨아들인 꽃이
더욱 선명해졌다

9월의 샐비어는
탱고를 추었다

스무 살 처녀들의 재잘거림

반도네온 연주처럼
몰려왔다 사라졌다

빨강은 짙어지고
짙어져서 더욱 외로워지고

젊음을 두고 와서
머리는 늘 그쪽을 향했는데

돌아갈 날 기다리지 못하고
붉은 저녁노을 속으로

사라진 꽃

빨강이었다
눈이 저릴 만큼 강렬한

172 『그날의 빨강』

의지와 표상으로서의 세계이니

박석준

"산다고 마음먹어라. 내일 새벽에 수술을 할 거다."
서 의사가 말하고 간 후, 이상하게도
마음이 가라앉아 침대 뒤 유리창으로 눈길을 주는데,
창틀에 파란색 표지의 작은 성경책이 놓여 있다.
'물에 빠진 사람이 지푸라기라도 잡는 심정일까?
나는 왜 지금에야 이 책을 삶과 관련하여 생각하는가?
나는 얼마 살지도 않았으면서 삶이 저지른 죄가 있다.
병실에선 사람의 소리가 삶을 생각게 하는데.'
그 성경책을 집어 넘겨보는데
'없어져버린 삶!'이라고 생각이 일어난다.
'너는 수술을 하지 않으면 2, 3개월밖에 살 수 없어!
수술 성공할 확률은 1프로다.'
마른나무 가지들이 공간에 선을 그은 12월 말인데
살아 있다, 움직이는 말소리, 사람 발소리,
사람 소리를 담고 시공간이 흐른다.
사람의 소리는 사람의 형상을 공간에 그려낸다.
유리창을 본 지 며칠이나 되었을까?
나의 귀가 병실의 다른 침대들이 있어서 내가 20살임을,
보호자 간호원 환자의 말하는 소리를, 살아 있는 소리들을
그리고 내 어머니의 소리들을 뚜렷하게 감지한다.

어머니는 내가 50살인 12월 말에 입원했는데

다음 날부터 15개월 넘도록 의식이 없었다.

사망하기 하루 전에야 의식이 돌아와

"밥 거르지 말고 잘 먹어라."

말소리를 너무 약한 목소리로 마지막으로 전했다.

"산다고 마음먹으세요. 내일 낮에 수술을 할 겁니다."

순환기내과 장 의사가 말하고 간 후, 이상하게도

유리창이 출판하지도 않은 시집『시간의 색깔은

자신이 지향하는 빛깔로 간다』를 공간에 그려낸다.

'심실중격에 구멍이 다시 생겨서 피가 새고

심장병과 동맥경화가 깊어요,

수술 성공할 확률은 1프롭니다.

밥 거르지 말고,'

말소리가 그 사람의 형상을 병실에 그려낸다.

말소리는 살아 있는 사람의 형상이다.

사람의 소리는 사람의 형상을 시간에 그려낸다.

63살 2020년 2월로 온 나는 삶이 저지른 죄가 있지만,

사람의 소리, 시이면 좋겠다, 내가 쓴 글이 누군가에게.

* 『의지와 표상으로서의 세계(*Die Welt als Wille und Vorstellung*)』: 아르투어 쇼펜
　하우어(Arthur Schopenhauer, 1788~1860)가 1818년 출판한 철학서.

173 『의지와 표상으로서의 세계이니』

추암

윤기묵

능파대 촛대바위 근처에서
딸 둘이 엄마와 사진을 찍었다
살아서 마지막으로 함께 찍은 사진이었다
사진 속 엄마를 영정 사진으로 모신 두 딸은
추암 바다에서 그리운 엄마를 보내드렸다
한 해 지나 그 바다에 다시 가서
엄마를 닮은 하얀 국화 몇 송이를 파도에 띄웠다

파도를 능가한다고 하여 능파대라 불린 바다였다
죽음도 능가하게 해달라고 빌었다
파도 위를 걷는
미인의 아름다운 걸음걸이 뜻하는 바다였다
영정 사진 속 엄마가 그 바다를 걷고 있었다
국화는 한참을 추암에 머물다 먼 바다로 흘러갔다
촛대바위에 작은 촛불 하나가 등대처럼 켜 있었다

174 『촛불 하나가 등대처럼』

118

목을 꺾어 슬픔을 죽이다

김이하

저, 저, 저 파도 같은 울음에

밀물 같은 검푸른 눈물에

가던 길 비틀거리는

그 밤 뜬금없는 부고는

내 문간에서 다른 이에게 서둘러 가다 말고

처마에 축 늘어진 전선 줄을 따라

눈물 한 방울 동그랗게 매달아두고는

이내 정신을 추슬러 골목을 돌아나간다

나는 어쩌라고, 그가 떠난 골목을

물끄러미 바라보다 전선 줄에 매달린 동그란 방울이

툭 떨어진 순간, 이미 이 세상이 아니구나

정수리에 차갑게 박히는 그 순간

발밑으로 깊게, 아주 깊게 엎어지려는 목을

끝내 하늘로 꺾고, 하늘을 향하여 눈 치뜨고

눈물을 묻는다, 슬픔을 죽인다

175 『목을 꺾어 슬픔을 죽이다』

119

미시령

김 림

가파른 고립을 찾아가는 길이었다. 오래전 종적을 감춘 길, 나보다 앞선 이들이 태고의 침묵 속으로 가는 동안 나의 눈동자는 정체를 알 수 없는 과녁에 고정되었다. 여전히 산마루는 완강히 금을 그은 채 다가오지 말라고 한다. 얼마나 많은 걸음들이 경계 앞에서 돌아섰을까. 금단의 선을 넘은 이들은 돌이 되어 어깨동무를 하고 있다. 저마다 제 몸 가득 묘비명을 새긴 채.

'김림, 여기 깃들다.'

속초 밤바다에 누워 낮에 두고 온 미시령을 꺼내어본다. 한 치의 접근도 허락지 않던 도도한 자태. 연신 차 앞 유리를 훔쳤다. 밀어낼수록 더욱 두꺼워지던 안개, 멀미가 일었다. 바다를 배회하다 극한에서 일어서는 유빙, 미시령은 혹독한 추위 앞에서야 제 높이를 회복한다.

176 『미시령』

불을 켜봐,

꽃나무들이 꿈 밖으로 나갈 거야

소나무 방정식

오새미

벼랑 끝에 매달린 소나무 한 그루
어쩌다 저 낭떠러지에 터를 잡았을까
모진 바람도
단단한 뿌리를 흔들지 못한다

세파에 부대껴 온몸이 근육질인 남자
등이 솟고 키까지 작아
뙤약볕이 그의 일터
죽기 살기로 암벽을 붙든다

타들어가는 갈증과 씨름하고
아득한 절벽을 마주 본다
위기의 벼랑에서
짓눌리는 어깨가 무겁다

한 걸음 한 걸음 바위 속을 파고들 때마다
비상을 꿈꾸는 독수리 날개를 달고
천 길 벼랑을 맨발로
뛰어내리고 싶었을 것이다

깎아지른 절벽에서 얻은 방정식은
폭풍과 강수량이 변수

뿌리와 바위는 등식

가느다란 촉수로 움켜쥐는
그 억센 힘
아무도 끌어내릴 수가 없다

바위를 더듬어 좌표를 새기는 두 손
소나무 힘줄은 벼랑에서 나온다

177 『소나무 방정식』

골목 수집가

오늘은 민무늬 골목에 다녀왔어요

골바람이
앙상한 몰골로 골목을 지나가네요
사족이 덕지덕지 붙었으나
끊어낼 수 없는 잔소리 같은 모습으로요
한때는 잡초를 사족이라 생각했어요
더러 쉼표처럼 싹을 틔운다고 반긴 적도 없지는 않았지요
오후엔 꼬리가 아홉이라는 가로등이
주인공으로 나올 막장 드라마가
이 골목을 배경으로 찍는다는 소문이 돌았어요
무명이 길어 공백을 견디기 힘들다는 바로 옆 골목은
내일 가보려고 해요
조금 전 모퉁이에서 만난 유모차 한 대
백미러도 없는데 자꾸 곁눈질하며 아직도 지나가요
빈 상가 앞에서
골목의 주인처럼 앉아 있던 고양이가
내게 다가와 생선 꼬리에 대해 캐물어요
신발가게 여자가 끄는 신발엔 자꾸 돌이 들어가나 봐요
한 발로 서서 다른 한 발을 탈탈 털어내네요

그러고 보니

민무늬도 무늬라는 걸

조금씩 옮겨 다니는 골목의 무늬라는 걸

골바람은 처음부터 알고 있었나 봐요

178 『골목 수집가』

지워진 길

임 윤

아이가 엄마 손 놓치지 않으려
손가락 끝에 묻어난 계절이 안간힘 쓸 때
강물로 뛰어든 정강이가 시릴 즈음
단단한 각질 벗겨내는 물결처럼
잡목이 삼켜버린 길 위에 포개진 발자국은 침묵한다
강의 어깨를 물고
끝 간 데 없이 출렁거리는 국경
모래밭에 찍힌 화살표 물새 발자국이
위화도에서 말머리를 돌렸던 편자의 깊이 같다
봉두난발 백성들 머리카락인가
반질거리던 길을 에워싼 잡초를 헤집는 바람

신의주가 손에 잡힐 듯 끊어진 철교
수풍댐 가르는 보트의 굉음
집안에서 만포 구리광산으로 연결된 교각
중강진의 악산과 사행천에 자리한 너와집들
혜산의 얼굴을 차단한 세관의 철문
남백두에서 발원한 강물을 건너던 길
보천, 삼지연, 송강하, 이도백하 그리고 천지
대홍단 감자 보따리장수와
화룡을 오가던 무산의 얼굴
용정과 회령을 건너던 독립투사들

126

두만강 뱃사공은 파업 중인가
남양으로 건너야 할 기찻길 장악한 중국 국경수비대
훈춘 302호 지방도로 철망 뚫고
아오지, 나진, 선봉으로 향하는 덤프트럭
동해가 손에 잡힐 듯한 녹둔도
금방이라도 연해주를 향한 증기기차가 건널 것만 같은
독립을 위해
식솔들 먹여살리기 위해
메케한 석탄 연기 속, 졸음에 겨운 눈꺼풀 부릅뜨고
가슴속에 댓 개씩 응어리진 한 품고 건넜을
방천에서 바라본 두만강 철교

정오의 태양은 정적으로 떠다니고
왁자하게 강을 건너던 사람은 어디로 갔는지
철망 사이 바라보는 건너편
인기척은 없고 매미 소리만 요란하다
미루나무 그늘에 위장한 초소들
터질 것 같은 팽팽한 긴장에 숨소리조차 숨죽이는
아이가 엄마 손 놓쳐버린 계절
비명으로 흩어져 떠내려간 노을처럼
굴레를 벗어나지 못하는 발자국들
장마철에 떠내려온 비닐봉지가

철조망 송곳니에 걸려
갈 곳 먹먹한 가슴들이 파르르 떤다

시야에서 사라진 엄마의 손
두려움 떨치려 고래고래 소리라도 질렀으면 좋겠다
꼬질한 손가락 사이 까만 눈동자
오늘 밤은 어느 방향으로 비틀거릴까
압록과 두만이 펼쳐놓은
창백한 푸른 점 먼지처럼 서글픈 반도의 둘레길

* 창백한 푸른 점 : 보이저가 찍은 지구의 모습에서 빌려옴.

179 『지워진 길』

달이 파먹다 남긴 밤은 캄캄하다

조미희

배부른 달이 쉬는 밤

야반(夜半)
온갖 도주의 역사가 거기에 있다
가난도 무거워지면
버릴 수밖에 없는 사람들이
지명을 피해 다닌다
불룩한 달의 배 밑을 은둔지로
조용조용 신발의 밑바닥을 끌고
담벼락으로 스며들거나
서둘러 계단 아래로 떨어지기도 한다

모세도 어느 으슥한 야밤,
신의 음성이 그의 몸으로 스며들었을 것,
광야의 새까맣게 탄 누룽지 같은 밤은
그를 지도자로 단련시켰을 것이다

반군의 녹두장군 전봉준도
다 파먹혀 희미해진 달 아래서
민중의 분노를 논했겠지
기어코 어둠의 칼을 빼 쓱쓱 달에 갈았겠지
빛을 따르라고 하지만

가난은 어둠의 옷이 더 친근하다

가난은 집 없는 길고양이의 옷과
빈자들의 손톱 밑 때처럼
무척이나 깜깜하다

180 『달이 파먹다 남은 밤은 캄캄하다』

꽃도 서성일 시간이 필요하다

안준철

집에서 덕진연못까지는
자전거로 십오 분 거리다
내가 자전거를 타고 가는 동안
연꽃은 눈 세수라도 하고 있을 것이다

오늘처럼 신호등에 한 번도 안 걸린 날은
연못 입구에서 조금 서성이다 간다
연밭을 둘러보니 어제 꽃봉오리 그대로다
아, 내가 너무 서둘렀구나

꽃도 서성일 시간이 필요한 것을

181 『꽃도 서성일 시간이 필요하다』

안산행 열차를 기다린다

박봉규

그가 있으면, 안산행이다 눈이 그치고 낮은 처마 물방울이 떨어진다 나는 커피를 마시며 그의 동정을 곁눈질한다 털실로 짠 스웨터와 잘 닦인 구두코 햇살이 미끄러지고 미끄러진 햇살이 내 발밑의 눈을 녹인다 나는 가볍게 목례를 보낸다 역사(驛舍) 뒤편의 나무들 일제히 몸을 드러내고, 눈송이가 떨어진다 가슴 엔 듯 층층이 눈이 쌓이고 파리해진 잎 하나가 선로에 떨어진다 늘 그만큼의 거리로 우리는, 말이 없었다 같은 눈높이로 세상을 보았지만 그림자 사이에도 벽은 있고 튕겨지는 저 햇살 고운 햇살에도 벽이 있다 불현듯 호흡이 가빠져 서둘러 그를 쫓아가지만 희망은 저만치 앞서가는 안산행 열차인 것이다 그가 오면 안산행이다 햇살에 눈부시고 눈부신 설움 햇살에 튕겨나간다 눈 쌓인 가리봉역 그의 언 발을 녹일 때 그는 가볍게 목례를 보낸다

182 『안산행 열차를 기다린다』

읽기 쉬운 마음

우리는 왜 그토록 화가 나서 각자 문을 닫았나. 말하다 말
고 서로를 남겨둔 채 하루 번갈아 하루씩 입을 다물고, 건드
리면 걷잡을 수 없이 연약한 내용물이 쏟아져 나왔다. 부목처
럼 힘이 다 빠져 언제 휩쓸릴지 모르는 우리, 형편없이 덧댄
쪼가리같이, 저만치 벗어던진 신발 한 짝같이, 함께 살아도
같은 마음인 적 있었나. 어쩌자고 일요일마다 비가 내렸나,
누가 보지 않으면 내다 버리고 싶은, 문이 없는 곳에 매단 달
력처럼 어디서 노크해야 할지 몰라 쩔쩔맸다. 아프지 않았으
면 좋았을, 병은 아픈 것이 아니라 서러운 것, 병을 얻고부터
하루도 슬프지 않은 날이 없었다. 너무 멀쩡해도 너무 아파도
우린 제대로 설 수 없을 거야, 하나에서 열까지 세는 동안 방
문 앞을 서성이는, 읽기 쉬운 마음이 모여 사는 섬, 물음표와
감탄사를 한 몸에 지닌 까닭에 때때로 그 마음은 자주 들켰
다.

* 기타노 다케시의 인터뷰.

183 『읽기 쉬운 마음』

133

젠가

이미화

우리는 나무 평상에 앉아서

방금 옆자리에서 백숙을 먹다 화투패를 돌리는 사람들처럼
닭들에 대해
아무 생각이 없었다

우리 중 누군가가
그래 내기니까
집중해야 한다니까
닭보다 내기에 더 마음이 쏠렸다

주인은 털이 잘 뽑힌 닭은 두 시간째 찜솥에 들어가 있다고
했다

두 시간은
나무가
평상 이쪽 모서리에서 저쪽 모서리로 그림자를 옮기는 시간

패를 잘못 빼거나 실없이 옮기면
둥근 손 안에 쥔 젤리처럼 쫄깃한 맛들이
와르르 무너져내린다

빼고 쌓고 무너지고 다시 쌓고 빼고

압력솥이 신나게 추를 흔들며 김을 뿜는다

184 『그림자를 옮기는 시간』

햇볕 그 햇볕

황성용

내가 수련이 아니기에 수련을 모른다

그래서 수련을 본다

좌정하며 본다

뒷면의 나날들은 볼 수 없다

낙심만 생긴다

더 이을 감정은
쓸쓸함이다

심연(心淵) 어디에 관산이 있었다지

하, 이름 모를 꽃들이
들어 있을 거야

꽃들이 만발한 데
수련이 없을 리 없지

수련이 없는 척 안 하고

수련은 피고 있다

햇볕 어제 그 햇볕 그대로

185 『햇볕 그 햇볕』

한반도 습지 3

김용아

내가 아무리 간절하다고 해도
서강에 기대어 사는
물까치보다 못하다는 것을

내가 아무리 간절하다고 우겨도
한반도 습지
굽은 소나무에 기대 우는
매미 울음소리에 가닿지
못한다는 것을

내가 아무리 간절하다고 내세워도
배추 농사를 짓는
농부의 마음에
미치지 못한다는 것을

그럼에도
수요일 아침마다
군청 네거리에 서서
산업폐기물 매립장 반대
피켓을 드는 것은

내가 지켜내려 했던 것들이

나를 지켜주리라는 것을

일상의 풍경들이 무너지면
나 또한 무너지리라는 것을

186 『내가 지켜내려 했던 것들이 나를 지키고』

신을 잃어버렸어요

이성혜

　이유 모를 총질과 아비규환에서 도망쳤는데요 맨발이네요 무한 앞에 방향 잃고 여기−저기 신을 찾아 헤매요 신이 신을 낳고 낳아 내가 바로 그 신이라 나서는 신 많은데 신이 없네요 조악한 모양 싸구려 재질 엉성한 바느질 가짜−모조−짝퉁, 내가 찾는 신은 디자인 재질 바느질이 최상급, 장인이 한 땀 한 땀 만든 유일한 신! 이라니까요 상하지도 더럽혀지지도 않는 발 때문에 해 뜨는 곳에서 해 지는 곳까지 신을 찾아 헤매요 왈패들 왈짜를 막아주는 주막집 주모 추락하려는 절벽에서 손을 내미는 청동 활 남자 토기에 물을 떠주는 여자, 원치 않는 구원들이 나타나 신 찾기를 끝낼 수 없게 하네요 때로는 강풍에 돛단배처럼 휘리릭 대서양으로 나아가고요 때로는 잠자는 지중해 시간에 묶이기도 하고요 중력 잃은 허공에 떠 있기도 하면서 근원에서 황혼토록 신을 찾아 신고−벗고! 드디어 닮은 신을 찾았는데 작아요 신 찾기를 끝내려 꾸−욱 밀어 넣었어요 어, 신이 발에 맞춰 자라나네요 무얼 찾아 헤맨 걸까요? 신에 발만 넣으면 원하는 대로 편하게 맞춰주는 차안 (此岸)인데요!

187 『신을 잃어버렸어요』

그리워하는 것들을 부릅니다

바깥을 감싸며 일렁거리며 흘러가는 연둣빛 물결을 그리워합니다

웃음과 울음 사이

윤재훈

"웃"이라는 글자를 가만히 보면
아이가 동산 위에 반듯하게 서
웃고 있다

금방이라도 어깨춤이 튀어나올 듯
두 손을 가지런히 올리고
깔깔거리고 있다

그 웃음소리에
꽃들이 사방에서
지천으로 터진다

"울"이란 글자를 가만히 보니
아이가 무릎을 포개고
울고 있다
엄마라도 어디 갔는지
설움이 북받쳐
어깨까지 들썩인다

받침 하나일 뿐인데
세상은 온전히 그 자리에 있는데
천지간(天地間)에 이렇게

흔들리는 내 마음

울음과 웃음 사이
세상 이야기가 가득하다

그 길이 불편하다

나를 불안하게 하는 길이 있다는 걸
깨닫기도 전에
길은 저만치 멀어져간다

끝내 한 걸음도 딛지 못한 발바닥에
달라붙는 진흙 덩이가
내 한숨과 비겁의 흔적이라는 걸
깨닫기도 전에
길은 다시 저만치 멀어져간다

한 걸음만 함께 걸어요
그 보폭에 당신도 장단 맞춰주세요
깃발을 따라오세요

길 위에서 이어지는 발소리가
환청으로 들려올 즈음
하루의 긴 노동이 끝나고
나른해지는 저녁이 불편하다
집으로 향하는 퇴근길이 불편하다

그 길을 걸으며 손을 흔드는
훤히 아는 사람들의 손짓이
불편하다

189 「그 길이 불편하다」

귤과 달과 그토록 많은 날들 속에서

홍순영

달을 만질 수 없어서
귤을 만진다

너는 노랗고 둥글다는 이유만으로
내게 와 달이 되고,
나의 손바닥에 붙들린 우주가 되고

이곳에서 차디찬 귤 하나를 들고
너의 이름을 부른다는 상상만으로
나는 둥근 목소리가 되지
허공에 뜬 비상구를 두고
너와 나는 가쁜 숨을 공유하지

달은 나날이 커지고

우리는 분명 저곳으로 사라질 수 있을 거야

분명하고 유쾌한 예언을 품고
하루를 굴리지
애써 말하지 못하는 눈사람이 되지

데구루루 굴러온 귤이 눈앞에 수북이 쌓이고
달은 하나, 둘, 셋……
아아, 이토록 많은 너와 나의 날들이라니

190 『귤과 달과 그토록 많은 날들 속에서』

버려진 말들 사이를 걷다

봉윤숙

모두들 말의 착지점에서
딱 한 발짝 물러서 있다
아무리 시위를 당겼다 놓아도
딱, 그쯤에서 떨어지고야 마는
한 발짝 바로 앞
비틀거리는 몸을 이끌고
후렴을 시작하려는 찰나
간헐적으로 비상구가 보이지만
부여잡고 놓아주지 않는 역설
그 사이를 지친 저녁들의 퇴근과
앞다투는 고층의 창문들과
자신들의 가장 연약한 취약점으로

밥을 벌러 가거나
밥을 먹으러 간다

햇살과 기진맥진해진 바람을 따라
숨을 헐떡이는 와이퍼가
허송세월을 걷어내고 있다
어쩌면 저렇게도
비겁하거나 난처한 혹은 무신경한
그 경계를 절묘하게 비껴서 있을까

간신히 앞가림을 피한 사람들
돌아보면 아득한 낭떠러지가
각자의 뒤쪽에 있다

191 『버려진 말들 사이를 걷다』

나는 그를 지우지 못한다

딱 1년만 일 더 하고 접는다더니
갑작스레 연락 불통
쉬쉬하던 사이에 증발해버린 당신
아직도 연락처를 뒤적이다 보면
스쳐 지나는 옛 웃음은 그대로인데
나는 그를 지우지 못한다

우리가 곤죽이 되어 건너다보던
해거름 노을 건너 사라진 지도 오래
명절 직전 고향 갈 채비로 들떠 있던 날
포클레인 바가지에 올라타고 컨베이어를 용접하다가
바가지가 흔들 하는 바람에

일 년 전 내가 낙상당한 바로 옆자리
내 드러누운 정신이 혼미할 때
구급차를 부르고 실어주었다는 그가
다시 실려 가서는
영영 돌아오지 못하는 자리

예순이 훌쩍 넘어 힘들어도
늘 웃는 얼굴로 조금만 더 하고 가야지 하더니

다시는 쓸모없어진 그의 연락처를
나는 끝끝내 지우지 못하네

192 『나는 그를 지우지 못한다』

시인 안에 북적이는 찌꺼기들

최일화

우수마발이 다 시가 될 수 있지만
그냥 시가 되는 것은 아니고
한 그루 모란의 뿌리가 봄을 만난 듯해야 비로소 시가 된다

우주에 우주 쓰레기가 가득하듯이
시인 안에 북적이는 찌꺼기들
시가 될 수도 있었는데 끝내 되지 못하고
머리에서 가슴으로 어지럽게 날아다니는 것들

시인은 언제 태어나
정처 없이 우주를 떠도는 것인가
저렇게 집 한 채씩 지어놓고
풀벌레처럼 들어앉아 노래하며 살아가는 사람들

천사인지 마귀인지 모를 날개를 달고
밤을 낮 삼아 떠돌기도 하고
문둥이끼리 반갑듯이 시인들끼리는 서로 반갑다

알고 싶지도 않고 모르는 게 낫기도 한
마음이 많이 상한 사람들
갈대처럼 바람에 흔들리며 꽃을 피우는 사람들

시인이 무엇인지도 모르고
멋모르고 시인이 되고 싶어 시 하나 등불 삼아 살아왔으니
참 바보처럼 살았네

난 참 바보처럼 살았구나
시인 안에 시 아닌 것들 가득하고
추운 날 쓰레기 더미에서 시를 뒤적거리며

193 『시인 안에 북적이는 찌꺼기들』

세렝게티의 자비

전해윤

세렝게티의 초원 한가운데
새끼 잃은 어미 하마의 시선이 지평선 너머에 머문다
그의 한숨은 분명 제 생보다도 길 것이다

생사가 출렁이는 세렝게티에서
사자의 이빨은 축복
기린의 목은 은총
가젤의 다리는 경이
약자의 비굴도 용기, 위태로운 삶을 지탱해주는

살아 있는 것들 위로 솔개처럼 죽음이 덮치고
붉은 주검들 주위에는 뭇 생명들이 넘실대는 세렝게티, 날마다
삶과 죽음이 화려하게 변주(變奏)된다

이글거리는 태양은 글썽이는 눈망울
저녁노을은 오늘에 대한 뜨거운 위로
처연한 달빛은 내일을 향한 연민, 모든 생을 위로하는

세렝게티에서 죽음은 차라리 자비,
뭇 생명들을 살리는
또 다른 삶으로 이어지는

* 세렝게티 : 탄자니아에 있는 세렝게티 국립공원(Serengeti National Park)

194 『세렝게티의 자비』

고양이의 저녁

박원희

드럼통 위
고양이 새끼가 젖을 먹고 있습니다
젖을 먹이는 고양이는 서 있습니다
새끼 두 마리는 정신없이 먹고 있습니다
에미 고양이 눈을 부라리고
지나가는 사람을 쳐다봅니다
비는 오고 있었습니다
나는 우산을 들고 쳐다보았습니다
신기하고
불쌍하고
측은하다는 듯
어미 고양이 앞발을 들어
나에게 저리 가
저리 가
하며
발을 들썩이고
불쌍한 시대를 벼르며 가는
고양이
철길 옆 드럼통 위
기차는 생각 없이 지나가고
나도 지나가고
저녁은 언제나 비를 맞고
고양이는 소리 없이 젖을 먹이고

195 「고양이의 저녁」

고요한 세상의 쓸쓸함은 물밑 한 뼘
어디쯤일까

금시아

한여름이 탐욕스레 그림자를 잘라먹고 있었다
그날처럼 장대비가 내린다

기척을 통과한 시간들
폐쇄된 나루에 주저앉아 있고
물과 뭍에서 나는 모든 것들의 적막
파닥파닥 격렬을 앓기 시작한다

한여름이 햇살을 변호하고
그림자가 그림자의 풍문을 위로하면
열 길 넘는 금기들
장대비처럼 세상을 두들기며 깨어날까

고요한 세상의 쓸쓸함은 물밑 한 뼘 어디쯤일까
왜 휘몰아치는 격렬마저 쓸쓸한 것일까

조용히 상을 물리면
어디에도 없고 어디에도 가득해
서늘하거나 다정한 그리움 하나,
소용돌이치며 자정을 돌아나간다

간혹, 이런 장대비의 시간은
그림자 떠난 어떤 기척의 쓸쓸한 자서전이다

196 『고요한 세상의 쓸쓸함은 물밑 한 뼘 어디쯤일까』

고요한 노동

정세훈

살기 위한, 고요한 노동

어린 들고양이
인적 끊긴 들녘 풀섶에
잔뜩 웅크린 자세로
숨죽인 진을 치고 앉아 있네
풀섶 가 가시덤불 속
들쥐의 동태를
숨죽여 응시하고 있네

죽이기 위한, 고요한 노동

별

정일관

다정한 것들은 슬퍼 보인다.
돼지감자꽃 노랗게 흔들리는 하늘
따뜻한 바람이 머물다 가는
양지바른 안 모퉁이와
칠이 벗겨진 작고 낡은 의자에
슬픔이 가만히 앉아 있다.

슬픔을 속옷처럼 갈아입는다.
슬픔의 힘으로 하루를 건넌다.
슬픔은 없는 곳이 없어
천상을 향해 오르는 가늘고 긴 노래도
어김없이 잘 살라고 내미는 덕담도
아무 일도 일어나지 않은 듯 지나간 날도
숨어 있는 슬픔이 태연하게 마중 나온다.
살아 있기에 슬픈 것,
슬프기에 살아 있는 것.

반짝이는 것들은 슬퍼 보인다.
너는 반짝인다.
너의 웃음도 반짝인다.
햇살에 반짝이는 수만 잎사귀
밤하늘에 반짝이는 별들.

세상에 불행한 사람이 너무 많아
별처럼 하도 많아
오늘 밤 올려다본 하늘에
무슬림 아이들의
눈물에 젖은 눈들
그렁그렁 반짝반짝.

빛난다, 슬픔.

199 『별』

사회학적 상상력의 확장과 심화
'푸른사상 시선 200'을 기념하며

맹문재

1.

푸른사상 시선은 사회학적 상상력을 꾸준하게 추구해오고 있다. 개인의 문제가 사회 구조 및 역사적 상황과 관련이 있다고 여기고 그 관계를 탐구해 오는 것이다. 시인들은 일상은 물론이고 노동, 환경, 정치, 인권, 역사, 사회문제 등에 많은 관심을 보인다. 함께 살아가는 사람들과 그들이 처한 삶의 조건을 구체적으로 반영하는 것이다. 시인들은 거대담론보다는 자기의 체험을 토대로 삼고 이 세계를 담아내고 있다. 개인 문제를 사회 전체와 연결해 본질적이면서도 총체적으로 인식하는 것이다.

> 깊은 밤 잠 밖으로 나와
> 뼈들은 노래를 부른다.
> 어디론가 유배된 뼈들이 남은 뼈들에게

부서진 뼈들이 성한 뼈들에게
낡은 뼈들이 젊은 뼈들에게
잠들지 마라 잠들지 마라
의문을 꿰뚫어 본질을 보아라
싸우지 않고 빈 꿈만 채우려다
병신이 되고
침묵과 순종의 미덕으로
팔다리가 잘렸니라
우리들의 피 묻은 노래를 들어라
술상에서 밥상에서
순결한 꿈을 위해
망설임도 초조도 간단히 버리고
피에 젖은 작업복을 비벼대며
서로를 지켜라 지켜라
머리뼈는 목뼈에게
목뼈는 어깨뼈에게
어깨뼈는 갈비뼈에게
갈비뼈는 허리뼈에게
허리뼈는 엉치뼈에게
엉치뼈는 다리뼈에게
다리뼈는 발뼈에게
몸 밖의 뼈는 몸 안의 뼈에게
잠든 노래도 불러내 다시 부른다
　　　　　　　— 김기홍, 「뼈의 노래─뼈가 뼈에게」 전문

　1980년대 이후의 한국 노동시를 확장하는 데 중요한 역할을
해온 김기홍 시인이 마침내 뼈의 노래를 부른다. 자신의 시가 밥
도 못 되고 희망도 못 되고 무기도 못 된다고 아쉬워하던 목소리

를 심화시켜 노동자의 주체성을 당당하게 내세우고 있다. 노동자로서 겪은 절망과 고통과 울분을 허울 씌운 희망으로 타협하거나 체념으로 회피하지 않고 거대한 신자유주의 체제에 맞서는 것이다. 극단적인 탐욕과 개인주의와 근시안을 무기로 삼고 공격하는 자본주의에 쓰러지지 않고 일어서려는 시인의 의지는 가족과 동료와 자연을 곡진하게 사랑하는 것이기에 깊은 감동과 연대의 힘을 준다. 그리하여 "유배된 뼈들이 남은 뼈들에게/부서진 뼈들이 성한 뼈들에게/낡은 뼈들이 젊은 뼈들에게/잠들지 마라 잠들지 마라"라고 부르는 화자의 노래는 서늘하고도 뜨겁다.[1]

　김기홍(金祈虹) 시인은 1957년 전남 순천에서 태어나 1984년 『실천문학』으로 작품 활동을 시작했다. 해방시 동인, 순천 놀이패인 두엄자리, 주암문화연구회, 일과시 동인으로도 활동했고, 1984년 농민신문사 주최 제1회 농민문학상을 수상했다. 임진강 파평교, 주암댐, 상사 조절지댐, 창원·진해·진주 아파트 공사장 등에서 일했다. 시집으로 『공친 날』『슬픈 희망』『뼈의 노래』가 있다. 2019년 7월 26일 타계했다.

　　　상행선 무궁화호
　　　대나무 같은 아홉 개의 마디를 추슬러
　　　서울로 가는 길 다잡는 사이
　　　눈발 속의 차창 밖으로는 사람들 몇,
　　　횡으로 누운 이 하나를 메고 와

1　김기홍 시집 『뼈의 노래』(2020) 뒤표지 글(맹문재).

오호 달구, 오호 달구 호곡(號哭)을 하며
언 땅에 집 하나를 짓고 있다

죽비가 되겠다는 건지,
몸 베어 날을 세우겠다는 건지
대나무 숲에서는 우—우
뜻 모를 소리 들려온다
살아서 마디마디의 평등한 뜻 이루지 못한
푸른 넋 겨울바람에 부르르
부르르 떨며 헛헛한 하늘을 향해 질러대는
끝도 없이 분분한 아우성 들려온다

죽비를 쳐줄까,
죽창을 세워 줄까

낫을 갈아 날을 세운 청죽(靑竹)의 창을 들고
자주 세상, 평등 세상 외치며
서울로 향하던
개남이의 병사들처럼

열차도 정읍 지나 청죽의 마디 같은
칸칸의 희망을 달고 서울로 가고 있다.
　　　　　　　　　　　　　— 주영국, 「정읍 지나며」 전문

　작품의 화자는 "상행선 무궁화호"를 타고 "서울로 가는 길 다
잡는 사이/눈발 속의 차창 밖으로는 사람들 몇,/횡으로 누운 이
하나를 메고 와/오호 달구, 오호 달구 호곡(號哭)을 하며/언 땅
에 집 하나를 짓고 있"는 모습을 상상한다. "죽비가 되겠다는 건

지,/몸 베어 날을 세우겠다는 건지/대나무 숲에서는 우-우/뜻 모를 소리 들려"오는 것도 듣는다. "살아서 마디마디의 평등한 뜻 이루지 못한/푸른 넋 겨울바람에 부르르" 떠는 아우성이라고 여긴다. "낫을 갈아 날을 세운 청죽(靑竹)의 창을 들고/자주 세상 평등 세상 외치며/서울로 향하던/개남이의 병사들"로 여기는 것이다. "개남"은 김개남으로 전북 정읍 출신이다. 동학의 수행과 포교에 힘써 1891년 두령, 즉 접주가 된 뒤 탁월한 지도력을 발휘해 호남 지방의 동학 지도자가 되었다. 1894년 전봉준이 고부에서 농민봉기를 일으키자 손화중과 함께 남원의 고을을 점령했고, 금산과 청주를 거쳐 서울로 진격했다. 그렇지만 일본군의 화력을 당할 수 없어 퇴진해 1894년 12월 27일 체포되어 이듬해 1월 8일 전주장대에서 참수당했다.[2]

주영국(朱英局) 시인은 전남 신안에서 태어났다. 2004년 전태일문학상을 받으며 작품 활동을 시작했고, 제19회 오월문학상을 받았다. 공군 기상대에서 오랫동안 날씨 보는 일을 했다. 시집으로 『새점을 치는 저녁』이 있다. 2022년 10월 16일 타계했다.

2.

푸른사상 시선이 추구한 사회학적 상상력은 서정성 또한 중요시한다. 한국 문단에서는 서정시를 시의 한 갈래로 보기보다는 참여시와 대립하는 개념으로 여기는 경향이 강하다. 그것은 이

---

2 『2020 오늘의 좋은 시』(푸른사상) 240쪽(맹문재).

분법적인 선택을 요구하는 우리의 정치 및 사회 문화가 워낙 강하기 때문에 문단도 영향받은 것으로 보인다. 따라서 서정시의 특성을 객관적으로 이해하는 것이 필요하다. 서정시는 서사시나 극시에 비해 시인이 자기를 우선으로 드러내는 특징을 지닌다. 자기의 생각, 감정, 기분, 열정 등을 주관적이고 개성적으로 드러내는 것이다. 그러면서도 인간뿐만 아니라 자연이나 신을 진정한 마음으로 노래한다. 서정적 감정으로 이 세계의 존재들을 배척하지 않고 포용하는 것이다.

1
너에게서 나에게로 가는 저녁
경계가 지워지는 하늘

신선한 아침에 빛났던
너의 눈동자에 모래바람이 분다

너무 많은 밝음에서 너무 흔한 어둠으로
서로를 통과하며

흐린 고요를 남긴다

짝을 잃은
풍산개의 풀린 눈빛에 저녁이 담겨 있다

2
흰나비 떼가 날아오른다
오늘의 일기 앞에서

하늘을 물들이는 낯익은 새소리

철 지난 진달래 꽃잎

웃자란 새싹들

버석거리는 소나무 입술

쉴 곳을 잃어버린 바람이 내 뒤로 사라진다

먼 산에 하얗게 얼음이 덮인다

　　　　　　　　　　　— 조숙향, 「오늘의 지층」 전문

　화자는 한 마리의 나비가 되어 붉은 저녁 쪽으로 가고 있다. 가는 동안 길이 사라지기도 하고 어디쯤에서 길을 잘못 든 것 같기도 해 현기증을 느낀다. 길이 흐리고 어둡고, 허공이 커다랗게 다가오기도 한다. 제 그림자의 상처를 응시하고, 또 다른 나비의 죽음을 만나기도 한다. 그렇기에 나비는 자신을 "이해하는 것"에도, "세상을 이해하는 것"에도, "신을 이해하는 것"(두텁게 다가오는 것-팡세)에도 어려움을 갖는다. 하지만 나비는 되돌아가지 않으려고 한다. 그렇게 할 수 없기에 견뎌내야 한다고 중얼중얼 혼잣말하는 버릇이 생기고, 이마에 땀방울이 벚꽃처럼 피기도 한다. 허공의 길을 끌어당기는 나비는 상처를 입은 채 언덕 위에 불끈 솟아 있는 나무들을 바라본다. 바람이 지나간 길에 햇살이 푸른 것도 발견한다.[3]

　조숙향 시인은 강릉 자조와리에서 태어나 스무 살 무렵부터 울산에서 살았다. 2003년 『시를 사랑하는 사람들』로 작품 활동

3　조숙향 시집 『오늘의 지층』 뒤표지 글(맹문재).

을 시작해 시집으로 『도둑고양이 되기』 『오늘의 지층』이 있고, 울산작가상을 받았다. 2024년 11월 15일 타계했다.

3.

푸른사상 시선은 실험시 또한 중요시한다. 실험시는 1980년대 후반부터 우리나라에 본격적으로 유입된 포스트모더니즘에 영향받아 해체시라는 개념으로 불리기에 이르렀다. 시의 형태를 파괴 및 변형하는 실험시는 전통 서정시의 문법에 대한 도전이었다. 이와 같은 실험시의 특성 역시 사회학적 상상력을 추구하는 모습으로 볼 수 있다.

시
오시
오시오
시오시오
시오시오시
오시오시오시
오시오시오시오
시오시오시오시오
시오시오시오시오시
오시오시오시오시오시
오시오시오시오시오시오
시오시오시오ㅅ님옷이시오
인도 라다크 알치alchi사원의 나무옷

— 고원, 「시옷」 전문

구체시 「시옷」, 이 시는 파스칼의 삼각형을 연상시킨다. (x+1)의 n승 계수를 n에 따라 나열하여 얻은 삼각형을 말한다. 파스칼을 얘기하다 보니 하고 싶은 말이 떠오른다. 고원 시인은 갈대에 불과하다. 하지만 그는 구체시를 쓰는 갈대이다. 그를 좌절시키는 데 주변의 모든 사람들이 힘쓸 필요는 없다. 그를 낙심시키는 데에는 가벼운 말 한마디면 충분하다. 하지만 주변에서 구체시를 폄하하더라도 그는 그들이 모르는 고귀함이 있다. 왜냐하면 한글 우주의 구체성을 알고 있기 때문이다. 수학의 분야 중에서 위상수학이 있다. 연속적으로 공간을 변형시켜도 바뀌지 않는 성질을 연구하는 분야이다. 원둘레와 원의 내부는 천지 차이다. 위상수학에서는 원의 내부에서 점 하나만 빼더라도 원둘레와 같다고 본다. 그만큼 내부에 빈 공간이 있느냐 없느냐에 따라 무한대와 1만큼 다르다고 본다. 고원 시인은 가로 세로 5줄로 이루어진 네모로 많은 구체시를 썼다. 이 시들은 가운데 빈 공간이 있느냐 없느냐에 따라 두 가지로 나뉜다. 빈 공간이 있으면 시가 의미하는 바가 무한 가지 된다는 느낌을 준다. 빈 곳 없이 꽉 찬 것은 단순하고 단일한 인상을 풍긴다.[4]

푸른사상 시선은 2019년 4월 25일 김자흔의 시집 『피어라 모든 시냥』(101번)을 시작으로 2024년 11월 30일 정일관의 시집 『별』(199번)까지 간행되었다. 99권의 시집을 간행하는 데 5년 7개월이 걸렸고, 90명의 시인이 참여했다. 안준철 · 오새미 시인이 세 권

---

4 고원, 『식물성 구체시』(2021) 뒤표지 글(최재경).

의 시집을, 강태승 · 김용아 · 김정원 · 박석준 · 이애리 시인이
두 권의 시집을 시선의 목록에 넣었다. 이외에도 많은 시인의 별
같은 시집이 한국 시단의 사회학적 상상력을 확장하고 심화하
는 데 큰 역할을 했다.

孟文在 | 문학평론가 · 안양대 교수